Inhalt

Der erste Schultag

Warum alle so ein Riesenbohei um den ersten Schultag machen, ist mir echt ein Rätsel. Die ganze Sache mit den Schultüten zum Beispiel. Da bastelt man monatelang an so einem Ding rum, um am Ende mit einem Frosch oder einer Cinderella-Tüte im Arm vor dem Lehrer zu stehen. Was für einen Eindruck soll der denn haben? Dass ich Frösche gernhabe oder hoffe, alles über Frösche in der Schule zu lernen, oder gar selbst gerne ein Frosch sein möchte? Ich wollte jedenfalls auf keinen Fall mit so einem Ding in die Schule.

Frau Ebershausen, meine Kindergartenlehrerin, fand meine Idee, ohne Schultüte am ersten Schultag in die Schule zu kommen, ganz schrecklich. Um ein Haar hätte sie, glaube ich, geweint. Das hat sie nur einmal getan, und zwar als ich mich an Weihnachten geweigert hatte, das Engelchen beim Krippenspiel zu spielen, weil ich – wie ich ihr gesagt hatte – nicht etwas spielen will, an das ich nicht glaube.

»Warum um alles in der Welt willst du ohne Schultüte in die Schule? Dann kannst du ja nicht einmal Geschenke bekommen«, sagte Frau Ebershausen also mit dieser weinerlichen Stimme, die Mama so gut nachmachen kann, wenn sie in Stimmung ist.

»Was für Geschenke?«, fragte ich.

»Na, Schokolade, zum Beispiel.«

»Was? Schokolade?« Das änderte natürlich alles. Nicht dass ich so gerne Schokolade esse, dafür aber Kiki umso mehr.

Kiki ist meine kleine Schwester. Für Schokolade tut sie alles. Und wenn ich Schokolade habe, kann ich mit ihr handeln. Geb ich dir ein Stück Schokolade, holst du mir dafür die Rollschuhe aus dem Gruselkeller. Geb ich dir zwei, holst du Mama aus dem Bett und sagst ihr, dass wir jetzt frühstücken wollen.

»Also, wenn das so ist«, sagte ich zu Frau Ebershausen, »dann möchte ich doch gerne eine.«

Frau Ebershausen nickte mir strahlend zu und begann, in einem alten Karton zu wühlen. Heraus kam eine Schultüte mit der Biene Maja und eine andere mit Spiderman. Ich rümpfte die Nase.

»Die Prinzessinnen sind halt alle schon weg!«, sagte Frau Ebershausen. »Aber schau mal, du hast ja noch einen ganzen Tag Zeit – da kann deine Mama wunderbar mit dir eine schöne Schultüte basteln.«

»Meine Mama bastelt nicht mit mir!«, sagte ich.

Frau Ebershausen sah mich mit einem komischen Blick an. Dann tätschelte sie mir den Kopf. Mütter, die nicht mit ihren Kindern basteln, findet Frau Ebershausen, glaube ich, nicht so gut.

Als ich zu Hause verkündete, ich wolle eine Schultüte, machte meine Mutter große Augen.

»Ich dachte, du wolltest überhaupt keine Schultüte!«

»Doch, jetzt will ich eine. Außerdem bekommt man dann Schokolade«, sagte ich.

»Wer hat das denn gesagt?«

»Frau Ebershausen.«

»Aha«, sagte Mama. »Ist das die, die gesagt hat, dass der liebe Gott auch die atheistischen Kinder lieb hat?«

»Sie hat gesagt, dass der liebe Gott auch die Kinder mag, die nicht an ihn glauben.«

»So, so«, sagte Mama. »Und was meint Frau Ebershausen nun zum Thema Schultüten?«

»Sie hat gesagt, dass in einer Schultüte immer ganz viel Schokolade steckt. Stimmt das?«

»Na ja, das hängt davon ab. Wenn man will, dass seine Kinder ADHS bekommen und mit fünfzig Diabetes, dann schon.«

»Ach komm schon, Mama.«

Mama seufzte. »Na gut«, sagte sie. »Aber nur ein bisschen.«

Ich nickte. Jetzt mussten wir nur noch eine Schultüte auftreiben. Denn mit Biene Maja würde ich jedenfalls nicht zur Schule gehen, so viel war klar, und Oma Musis Idee, statt einer Tüte eine kleine braune Obsttüte mitzunehmen (»Haben wir früher im Krieg so gemacht!«), gefiel mir auch nicht.

»Was willst du dann?«, fragte Mama.

»Ich will eine Tüte mit einem Vampir und einer Fledermaus drauf!«, antwortete ich.

»Es gibt aber keine Tüten mit Vampiren und Fledermäusen!«, sagte Mama.

»Wenn du sie mir bastelst, schon!«

»Ich kann nicht basteln«, sagte Mama.

»Wenn ich keinen Vampir und keine Fledermaus auf meiner Schultüte habe, geh ich auch nicht in die Schule!«

»Du musst aber in die Schule!«

»Nein!«, schrie ich.

Papa kam die Treppe herunter und schaute Mama an.

»Was ist denn hier los?«

»Nichts«, sagte Mama. »Deine Tochter hat nur mal wieder einen ihrer neurotischen Anfälle.«

»Ich habe keinen neurobischen Anfall«, sagte ich, »ich will nur nicht mit Biene Maja in die Schule gehen.«

Mama sah zu Papa. »Es geht um die Schultüte«, erklärte sie.

»Aha«, sagte Papa.

»Sie will einen Vampir und eine Fledermaus drauf.«

»Aha«, sagte er noch einmal. »Und wo ist das Problem?«

»Das Problem ist, dass es keine Schultüte mit Vampiren und Fledermäusen gibt.«

»Und warum basteln wir dann keine?«, fragte Papa.

»Wenn du eine Schultüte basteln magst, bitte schön«, sagte Mama. »Ich muss bis Freitag dreißig Seminararbeiten korrigieren.« Mama klang gereizt.

Kiki, die es nicht ertragen kann, wenn Mama gereizt klingt, fing an, mitten im Zimmer ihre Kung-Fu-Übungen zu machen und komische Kampfschreie auszustoßen. Frau Katze – so heißt unsere Katze – hüpfte daraufhin verschreckt von ihrem Schlafplatz hoch und schmiss ein Glas um.

»Super«, sagte Mama. Wenn Mama »super« sagte, dann meinte sie meist genau das Gegenteil.

»Ist doch gar kein Problem«, sagte Papa, »dann werden wir zwei morgen mal ans Basteln gehen, was?«

Ich versuchte zu lächeln. Die wenigen Male, als Papa mit mir etwas basteln wollte, waren ziemlich in die Hose gegangen.

Das lag daran, dass Papa vorher immer Pläne machen wollte, wie das Ganze dann auszusehen hatte. Dabei ging leider immer so viel Zeit drauf, dass für das Basteln selbst keine Zeit mehr war und das Gebastelte dann immer ziemlich scheußlich wurde.

»Aber der Plan war toll«, sagte Papa dann immer.

Der Plan, den wir am nächsten Morgen erstellten, war gar nicht so schlecht. Zuerst wollten wir beim Baumarkt Packpapier besorgen, es zurechtschneiden und dann zu einer Schultüte formen und zusammenkleben. Darauf würden wir dann das malen, was wir wollten.

Und diesmal schien es, als ob der Plan nicht nur gut war, sondern auch noch aufgehen würde, denn am nächsten Tag hatte ich tatsächlich eine Schultüte aus braunem Packpapier in der Hand.

»So!«, sagte Papa. »Jetzt musst du sie nur noch bemalen.«

»Aber ich kann keine Vampire und Fledermäuse malen«, sagte ich.

»Natürlich kannst du«, sagte Papa.

»Aber ich will, dass sie perfekt aussehen.«

»Es gibt keine perfekt gemalten Vampire und Fledermäuse, jeder malt sie auf seine Art.«

»Ich mag meine Art aber nicht«, sagte ich.

»Dann sollten wir mal darüber reden«, sagte Papa in diesem andächtigen Tonfall, den er sich für Situationen aufhob, in denen er irgendwelche besonders wichtigen Dinge mit mir bereden wollte. »Warum magst du denn deine Art zu zeichnen nicht?«

»Weil ich das Malen von Mama geerbt habe«, sagte ich.

Darauf fiel Papa nichts mehr ein. Wenn es eines gibt, das Mama nicht kann, dann ist es zeichnen. Außer vielleicht noch kochen.

»Ich will einen Vampir und eine Fledermaus, bei denen man erkennt, dass es ein Vampir und eine Fledermaus sind«, sagte ich. »Kannst du mir das nicht malen?«

Papa kratzte sich am Kopf.

»Ich weiß nicht, ich kann es versuchen.«

Papa versuchte es.

»Na, was sagst du?«, fragte er stolz und zeigte auf zwei gekritzelte Figuren. Die eine sah aus wie ein Schneemann mit zwei Karotten im Mund und die andere wie ein verkrüppelter Hund.

»Das sieht schrecklich aus«, sagte ich.

Papa sah ein wenig beleidigt aus.

»Ich finde es künstlerisch«, sagte er.

Ich fing an zu wimmern. Der Gedanke, mit einem verkrüppelten Hund und einem Schneemann in die Schule gehen zu müssen, war einfach zu viel.

»Bitte wein nicht«, sagte Papa genervt.

Jetzt weinte ich.

»Ich will eine neue Tüte«, schluchzte ich.

»Es ist jetzt nach acht Uhr abends. Wir haben kein Packpapier mehr, und der Baumarkt hat zu.«

Ich stampfte mit meinem Fuß auf. Eine solche Gemeinheit war das!

»Jetzt werd nicht hysterisch!«

»Ich bin nicht hysterisch, sondern neurobisch«, schrie ich und stürmte in mein Zimmer. Kiki kam und streichelte mir den Kopf. Das tut sie immer, wenn ich mich aufrege.

Der Abend war jedenfalls futsch. Mama und Papa stritten sich darum, ob ein Schneemann auch ein Vampir sein kann. Ich weigerte mich zu essen, Frau Katze schmiss einen Teller um, und meine Mama sagte wieder »super«.

Nach dem Essen sah Mama sich die Schultüte an. »Na ja«, sagte sie. »Ich kann ja mal versuchen, es auszubessern.«

Warum ich nicht sofort »Nein« geschrien habe, weiß ich auch nicht, aber als es mir einfiel, war es schon zu spät. Auf der Schultüte waren jetzt eine dicke Frau mit zwei Baguettestangen im Mund und daneben ein kranker Hund, der eine Ziege verschluckt hatte. Ich sagte gar nichts mehr, sondern starrte nur auf die Tüte. Jetzt schlug Mama vor, zum Supermarkt in den Hauptbahnhof zu fahren, weil der als Einziger noch offen hatte. Irgendeine Schultüte würden die schon haben, meinte sie.

»Ich will nicht *irgendeine* Schultüte«, sagte ich trotzig.

Um elf Uhr kam Mama auf die Idee, die Pappe aus Küchenrollen zu nehmen, um daraus eine neue Tüte zu basteln. Kiki holte sofort den gesamten Vorrat an Küchenrollen aus dem Gruselkeller und rollte alle auf dem Wohnzimmerboden aus. Der Boden sah aus wie ein weißes Papiermeer, es knirschte unter den Füßen, wenn man darauf lief. Frau Katze war begeistert. Sie sprang herum und zerfetzte alles, was ihr in die Pfoten kam. Überall lagen Scheren, Kleber und Stifte. Niemand würde ab heute je sagen dürfen, dass bei uns nicht gebastelt würde. Mama und Papa waren völlig in ihre Arbeit versunken und kümmerten sich gar nicht mehr um uns. Ich weiß nur noch, dass mich Kiki irgendwann gegen Mitternacht am Ärmel zupfte und wir allein ins Bett gingen.

Am nächsten Tag wachte ich völlig übermüdet auf. Neben mir lag eine etwas verschrumpelte Schultüte. Sie war … wie soll ich sagen … irgendwie eigenartig. Cinderellas oder Vampire waren jedenfalls nicht darauf zu sehen. Und Schokolade war auch nicht drin. So viel zu den Tauschgeschäften, die ich mit Kiki würde machen können. Dafür war sie über und über mit Wörtern beschrieben.

Ich las: »Dies ist die Geschichte von Vampira, dem hübschesten Mädchen in der Fledermausschule, und ihrem ersten Schultag.« Cool, dachte ich. Wer kann schon von sich sagen, eine Schultüte zu haben, auf der eine Geschichte geschrieben stand, die die Eltern extra für einen erdichtet hatten.

Mama und Papa kamen in mein Zimmer. Sie sahen müde, aber glücklich aus. Ich hörte sofort auf zu grinsen.

»Und?«, fragten sie erwartungsvoll. »Was sagst du dazu?«

»Euch ist schon klar, dass außer mir keiner der Erstklässler lesen kann?«, fragte ich.

Mama und Papa hielten den Atem an. Ich ließ mir mit meiner Antwort Zeit. Einfach um das Ganze spannender zu machen. »Ritardando« heißt das beim Klavierspielen.

»Sie ist … o. k.«, sagte ich.

Mama und Papa atmeten auf. Einem erfolgreichen Start in mein Schulleben stand nun nichts mehr im Weg.

»Und jetzt wird gefrühstückt«, sagte Mama.

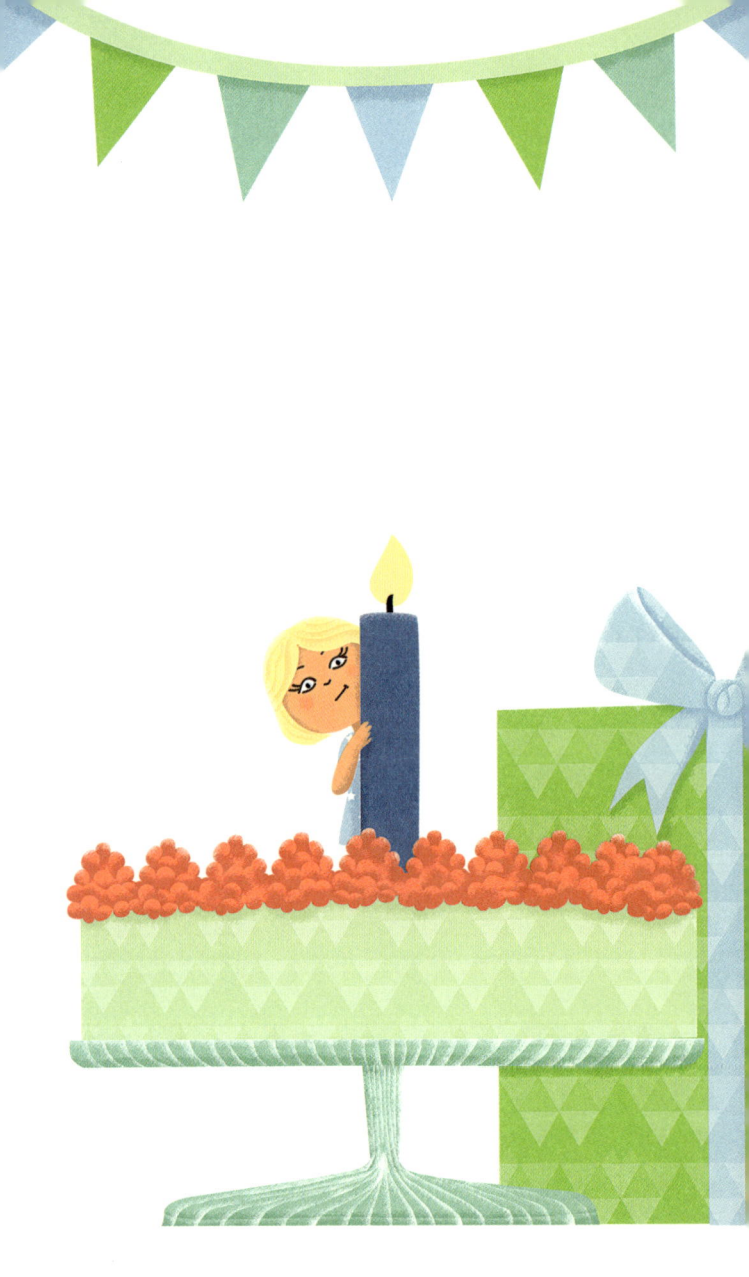

Der Kindergeburtstag

Die Schule stellte sich leider als Albtraum heraus. Wir hatten eine Lehrerin, die über 100 Kilo wog und uns laut beschimpfte, wenn wir nicht abschrieben, was auf der Tafel stand – was wir aber nicht konnten, weil uns ihr Po immer die Sicht darauf versperrte. Die Mädchen bildeten doofe Cliquen, und die Jungs… na ja mit Jungs kann man sowieso nicht reden, die sind in dem Alter entweder mit Dinos oder Fußball beschäftigt, außer vielleicht der Julian, der immer nur mit Mädchen spielen will. Und da ich Rechnen und Schreiben schon konnte, gab es da nichts, das mir die Lehrerin beibringen konnte. Vergeblich versuchte ich meine Eltern davon zu überzeugen, mir Privatunterricht erteilen zu lassen. Ich hatte nämlich gelesen, dass früher die Adligen immer Privatunterricht bekommen hatten. Und da Oma mir erzählt hatte, dass wir ganz früher einmal auch adlig gewesen waren, wäre es doch nur fair gewesen.

»So weit kommt's noch!«, sagte Papa. »Die Revolution hat schließlich nicht umsonst stattgefunden. Wir sollten dankbar sein, dass wir in einer Demokratie leben, in der alle Kinder an der Bildung teilhaben können.«

»Ich will aber nicht mit allen Kindern an der Bildung teilhaben«, sagte ich.

»Die Schule ist wichtig«, sagte Papa. »Und zwar, weil man dort lernt, mit anderen zusammen zu sein.«

»Und ich will auch nicht mit anderen zusammen sein«, sagte ich. »Und am wenigsten an meinem Geburtstag. An meinem Geburtstag will ich Frau Katze zum Tee einladen, Himbeerkuchen essen und Geschenke auspacken.«

»So geht das aber nicht«, sagte Papa. »Erstens trinkt Frau Katze keinen Tee, und zweitens musst du versuchen, dich sozial zu integrieren. Kein Mensch ist eine Insel.«

»Das heißt ›Niemand ist eine Insel‹«, sagte Mama.

»Simmel?«, fragte Papa.

»Nein, John Donne. No man is an island«, sagte Mama.

»Ich will die Idioten aus meiner Klasse nicht einladen«, wiederholte ich.

»Papa hat recht«, sagte Mama. »Du solltest die Gelegenheit ergreifen und dir ein paar Freunde machen.«

Ich tat so, als hätte ich sie nicht gehört, und hoffte, sie würden das Thema vergessen. Taten sie aber nicht.

Tagelang nervten mich Papa und Mama mit

dem Thema. Immer wieder bestanden sie darauf, wie wichtig es doch für mich sei, mich mit anderen Kindern anzufreunden. Ich weiß auch, warum. Meine Mama meint nämlich, ich sei ein HSK, das ist eine Abkürzung für hypersensibles Kind. Hypersensible Kinder sind Kinder, die keine lauten Sachen mögen und glauben, andere Kinder seien immer fies zu ihnen. Deshalb wollen sie lieber allein sein. Aber das stimmt nicht, ich wäre gerne mit anderen zusammen. Es ist nur so, dass die anderen einfach blöd sind.

Schließlich ließ ich mich doch erweichen, ein paar Schulkameraden einzuladen. Aber nur, weil Mama versprach, mir diese leckeren Pralinen zu kaufen. Mama schlug eine organisierte Museumsführung vor. Papa eine Bergwanderung.

»Bitte nicht«, sagte ich. »Die mögen so was nicht. Warum gehen wir nicht ins Tootsies?« Das Tootsies war eine sehr laute Indoor-Spielanlage mit sehr bunten Hüpfburgen und Rutschen aus Gummi.

Mama sah mich überrascht an: »Ich dachte, du hasst das Tootsies.«

»Tu ich auch, aber da muss ich wenigstens nicht mit denen zusammen spielen.«

»Nichts da«, sagte Mama. »Du lädst deine Freunde zu dir nach Hause ein. Wir machen

Spiele, essen Kuchen und packen die Geschenke aus.«

Ich nickte und lächelte gequält. Es blieb mir nichts anderes übrig, als ein paar Einladungen rauszuschicken. Eingeladen wurden: Mara, deren Mutter den Papst so sehr verehrt, dass Mara mit lauter Papststickern in die Schule kommt; Papaya, die immer damit angibt, dass ihre Pullis aus echtem Kaschmir sind und mindestens 200 Euro gekostet haben; Lilly mit den perfekten Zähnen, und Julian, der nur mit Mädchen spielt. Kiki schmollte, weil ich ihr keine Einladungskarte geschrieben hatte.

Mama gab sich echt Mühe. Sie putzte die Wohnung und dekorierte sie mit Luftschlangen. Mama hat es nämlich nicht so mit dem Haushalt. Sie sagt, sie sei einfach nicht begabt dafür, aber ich glaube, das ist nur eine faule Ausrede. Sie hatte einen riesigen Obstsalat mit frischen Früchten gemacht und Vollkornnudeln mit ökologischer Tomatensauce aus dem Bioladen gekauft.

»Kinder mögen keine Vollkornnudeln«, warnte ich Mama.

»Na, dann essen sie eben von diesem köstlichen Obstsalat.«

Auch das bezweifelte ich. »Hast du nicht irgendwelche Süßigkeiten? Normale Kinder mögen so etwas.«

»Du meinst, diese schrecklichen Schokoriegel, wie Oma Musi sie hat?«

Ich nickte.

»Kommt nicht in die Tüte. Die Eltern müssen ihre Kinder schon selbst vergiften.«

Ich zuckte mit den Schultern. Mama würde schon noch sehen, was sie davon hatte. Papaya war die Erste, die kam. Sie ist immer superpünktlich, weil ihr Papa, der beim Fernsehen ist, eine Assistentin hat, die sie überall hinfährt. Sie hatte ein blaues Tüllkleid an und eine blaue Schleife im Haar. Sie begrüßte mich und wollte dann wissen, wo das Bad sei, sie müsse ihre Frisur überprüfen. Ich zeigte es ihr. Als Nächstes kam Mara. Sie drückte mir zur Begrüßung ein Foto vom Papst in die Hand. Dann wollte sie wissen, ob Papaya auch eingeladen sei. Mara hasst Papaya, weil sie immer damit angibt, so teure Klamotten zu haben.

»Ja«, sagte ich. Worauf Mara wissen wollte, wo mein Zimmer sei, weil sie sich dort verstecken wolle.

Dann kam Lilly. Lilly ist unsere Nachbarin. Sie lächelt gerne und ist immer mit allem einverstanden. Sie schenkte mir ein Buch über Igel und wollte wissen, ob wir jetzt spielen würden. Ich sagte, meine Mutter würde sich darum kümmern, sie solle doch schon mal ins Wohnzimmer gehen. Dann klingelte es wieder. Diesmal war es

Julian. Er weinte. Er sagte, seine Mutter habe ihm gesagt, so könne es nicht weitergehen, er sei ja schon wieder auf einen Mädchengeburtstag eingeladen, das sei nicht normal und er überhaupt kein richtiger Junge. Ich konnte ihn nicht wirklich trösten, schließlich hatte seine Mutter ja irgendwie schon recht. Also sagte ich nichts, und Julian ging in das Wohnzimmer, wo er sich auf das Sofa setzte und eines der Philosophie-Magazine meiner Eltern durchblätterte.

»Habt ihr keine normalen Frauenzeitschriften?«, wollte er wissen. Ich schüttelte den Kopf. Ich mag meine Eltern, aber auf normale Besucher sind sie einfach nicht eingerichtet. Zum Glück kam Frau Katze in diesem Moment von ihrem Spaziergang zurück. Ich packte sie und lief auf den Speicher, wo ich mit ihr spielen wollte, bis die anderen weg waren. Sollte meine Mutter sich doch um die da unten kümmern.

Mama war – das hatte sie mir nachher ganz genau erzählt – unterdessen ins Wohnzimmer gekommen. Julian saß neben Lilly auf dem Sofa und schmollte. Lilly wollte wissen, wo denn die anderen seien und wann endlich gespielt würde. Mama sagte, sie habe keine Ahnung. Dann fragte sie Julian, warum er so missmutig schaue, aber Julian wollte nicht mit meiner Mutter reden.

In diesem Moment kam Papaya aus dem Bad. Ihr war es ziemlich wurscht, wo alle waren, sie wollte nur wissen, ob wir nicht eine andere Haarbürste hätten, am besten eine mit Wildschweinborsten, die seien viel besser für die Haare. Mama sagte Nein und schlug ihr vor, stattdessen doch schon mal mit Lilly und Julian Topfschlagen zu spielen. Dann machte sich Mama auf die Suche nach mir, konnte mich aber nicht finden. Schließlich hörte sie ein Schluchzen. Es war Mara, die in meinem Zimmer auf meinem Bett saß und weinte. Sie sei eben im Speicher gewesen, wo sie mich und Frau Katze entdeckt habe, aber ich hätte gesagt, dass ich allein sein wolle, und das sei richtig gemein, ihre Mutter habe schon recht, wenn sie sage, die Gottlosen hätten kein Herz. Daraufhin ließ meine Mutter Mara in meinem Zimmer und lief zu mir nach oben, wo sie mich laut anbrüllte, jetzt sofort runterzukommen. Ich sagte, ich sei ein HSK, Kinder wie mich dürfe man gar nicht anbrüllen, woraufhin sie laut fluchte und versuchte mich herunterzuzerren. Das ging aber nicht, weil ich mich in die hinterste Ecke verkrochen hatte, wo Erwachsene gar nicht hinkönnen. Mama haute sich den Kopf an dem Holzbalken an und fluchte wieder, bevor sie runter ins Wohnzimmer ging. Papaya lief unterdessen in Strümpfen herum, weil sie ihr Kleid an

Julian ausgeliehen hatte, der darin begeistert im Wohnzimmer tanzte. Lilly sagte, sie habe Hunger und ob es jetzt etwas zu essen gebe, woraufhin Mama in die Küche ging, um die Nudeln zu machen. Aber als Lilly sah, dass die Nudeln aus Vollkorn und außerdem auch noch dreifarbig waren, sagte sie nein danke, ob es denn keine Schokoriegel gebe. Da klirrte es im Wohnzimmer, weil Papaya beim Topfschlagen aus Versehen Mamas Lieblingsvase heruntergeschmissen hatte. Mama meinte, dass es jetzt wohl besser sei, sie würden etwas anderes spielen als Topfschlagen, und wie es denn mit Sackhüpfen wäre? Lilly war sofort Feuer und Flamme, sie liebt Dinge wie Sackhüpfen, allerdings wollten Papaya und Julian nicht mitspielen, Papaya, weil sie den Sack hässlich fand, und Julian, weil er Papayas blaues Tüllkleid nicht ausziehen wollte. Also musste Mama mit Lilly Sackhüpfen spielen. Dann kam Mara herunter und sagte, sie wolle ihre Eltern anrufen, das sei der schrecklichste Geburtstag, den sie je erlebt habe. Mama bat sie, doch noch ein wenig geduldig zu sein, es gäbe jetzt Kuchen, und überhaupt würde alles jetzt ganz lustig werden. Dann rief Mama noch mal nach mir, was aber so bedrohlich klang, dass ich sicherheitshalber oben im Speicher blieb. Also rief Mama die restlichen Kinder zusammen und ließ sie sich alle um den

Tisch versammeln. Dann zündete Mama die Geburtstagskerzen an und sang »Happy Birthday, Leonie«. Die anderen wollten nicht singen, weil sie das blöd fanden, jemandem ein Geburtstagslied zu singen, der gar nicht da war. Dann schnitt Mama den ökologischen Schokonusskuchen an, den aber niemand essen wollte. Papaya fragte, ob Mama ihr nicht eine Hochsteckfrisur machen könne. Lilly wollte weiter mit Mama Sackhüpfen spielen, aber Mama sagte, sie könne keine Hochsteckfrisuren, und außerdem habe sie beim Hüpfen irgendeine blöde Verrenkung gemacht und könne sich jetzt nicht gut bewegen.

Gott sei Dank waren unterdessen zwei Stunden vergangen, und die Eltern kamen jetzt vorbei, um ihre Kinder wieder abzuholen. Ich war inzwischen heruntergeschlichen und verfolgte heimlich von der Abstellkammer aus das Geschehen. Als Erstes kam Maras Mutter herein. Sie sah nicht sehr glücklich aus. Ihre Lippen waren ganz schmal, und sie sagte so etwas wie »tststs«, und es habe ja wohl keinen Sinn, ihre Tochter einzuladen, nur um sie dann zu beleidigen und auszugrenzen. Meine Mutter sagte, es tue ihr leid, dass Mara sich nicht wohl gefühlt habe, aber das käme ja schließlich bei Kindern öfter mal vor. Maras Mutter sagte, nein, bei ihr sei das nie so, da würden alle immer miteinander spielen. Mama wollte etwas antworten, aber in dem Moment klingelte es wieder, und es war der Papa von Papaya, er hatte noch Schminke im Gesicht von seinem Fernsehauftritt. Er strahlte alle an, was aber nichts zu bedeuten hat, weil er immer alle anstrahlt. Und dann wollte er wissen, wie es gewesen sei, und die Mutter von Mara murmelte: »Eine Katastrophe.« Der Vater von Papaya lachte und meinte, so schlimm könne es nicht gewesen sein, aber dass er für seine Feiern immer einen Clown engagiere, dann könne man sichergehen, dass es ein lustiger Geburtstag werde; das sei ja wohl das Wichtigste, nicht wahr, dass die Kinder einen lustigen Geburtstag haben? Er fragte, ob Mama mal die Nummer von dem Clown haben möchte, aber Mama sagte, nein danke, sie möge keine Clowns, woraufhin die Mutter von Mara vom Papa von Papaya wissen wollte, ob es stimme, dass Papayas Pulli 200 Euro koste, und wenn ja, sie dann dankbar wäre, wenn seine Tochter nicht damit angeben würde, schließlich gebe es Kinder, für die 200 Euro sehr viel Geld sei, vor allem wenn der Mann gerade seinen Job verloren habe und sie als Mutter jetzt gezwungen sei, sich Arbeit zu suchen. Und da fing die Mutter von Mara an zu weinen, und der Papa von Papaya hörte auf zu

28

grinsen, was wirklich komisch aussah, weil er ja immer grinst, und Mama fragte, ob jemand vielleicht gerne Vollkornnudeln haben möchte. Aber niemand antwortete, und dann klingelte es noch mal, und die Mutter von Julian kam. Sie entschuldigte sich für ihre Verspätung, sie sei noch in einem Meeting gewesen und habe eine Präsentation machen müssen; es sei nun mal nicht einfach, das alles unter einen Hut zu bekommen, arbeitende Mütter hätten es nun mal schwer, aber wem sage sie das, die Mama von Leonie arbeite doch auch, wenn auch nur an der Uni, da arbeite man doch viel von zu Hause aus, nicht wahr, das sei natürlich einfacher, auch mit zwei Kindern; ihr persönlich reiche eines, sie wisse gar nicht, wie arbeitende Mütter das mit mehreren Kindern schaffen würden. Sie hätte wohl auch noch weitergeredet, wenn nicht plötzlich Julian vor ihr gestanden wäre, immer noch im blauen Tüllkleid, woraufhin sie die Augen so komisch aufriss und ihn anschrie, er solle das sofort ausziehen; und da streckte Julian ihr die Zunge raus und lief weg. Da wollte Julians Mutter wissen, ob sie sich eben mal setzen könne, ihr sei grad nicht gut, und ob es nicht einen Prosecco gebe, nach einem Geburtstag gebe es doch oft Prosecco für die Eltern. Meine Mutter schüttelte den Kopf und sagte, wir hätten keinen, woraufhin die Mutter von Julian den Kopf in ihre Hände vergrub und irgendwie komisch atmete und dazwischen immer wieder so Wörter sagte wie »Psychiater« und »transsexuell«. Unterdessen hatte sich die Mutter von Mara wieder erholt und wollte wissen, was denn Julians Mutter gegen diese Neigung von ihrem Sohn unternehme; früher hätte man es ja mit kalten Fußbädern versucht, woraufhin die Mutter von Julian die Mutter von Mara anschrie, sie solle sich um ihren eigenen Mist kümmern. Der Papa von Papaya sagte: »Aber, aber, meine Damen«, aber da schrie sowohl die Mama von Julian als auch die von Mara ihn an, er solle sich da raushalten. Der Papa von Papaya war dann gar nicht mehr so freundlich wie sonst; er sagte irgendetwas von hysterischen Frauen, die Mama von Julian riss ihre Augen wieder so komisch auf und sagte, von solchen besserwisserischen Typen wie ihn gebe es in ihrer Arbeit schon genug, sie sei froh, dass ihr Mann nicht so sei, sondern ein Hausmann, woraufhin die Mutter von Mara wieder »tststs« machte und irgendetwas von dem »Tod der Familie« murmelte. Die Mutter von Julian fauchte die Mutter von Mara an, sie solle gefälligst nicht abfällig über Menschen sprechen, die sie gar nicht kenne, und rief nach Julian. Auch die Mutter von Mara wollte, dass Mara jetzt kam, damit sie gehen konnten, aber Julian, Mara, Papaya und Lilly spielten Wunschfee im Wohnzimmer und hatten gerade so viel Spaß, dass sie sie gar nicht hörten.

Irgendwann war Mama dann plötzlich weg. Jetzt war ich es, die nach ihr suchte. Schließlich fand ich sie auch. Sie saß auf dem Speicher und sah ziemlich müde aus. Ich fragte, ob sie denn die Eltern nicht noch hinausbegleiten wolle, aber Mama schüttelte nur den Kopf und sagte, die würden schon selber wieder rausfinden. Ich tätschelte ihr die Hand. Ich hätte es ihr gleich sagen können, aber auf mich hört ja niemand.

Als die Tür zum letzten Mal ins Schloss fiel, atmete sie auf. »Und jetzt laden wir Frau Katze zum Tee ein, essen Himbeerkuchen, und du machst die Geschenke auf.«

Frau Katze will heiraten

Letztes Jahr haben wir aus Italien eine Katze mitgenommen. Es gab zwei zur Auswahl: eine schwarze und eine crèmefarbene. Ich wollte die schwarze. Kiki wollte die crèmefarbene, weil sie dachte, dass die viel süßer sei. Na ja – zumindest denke ich, dass sie das dachte, denn Kiki sprach ja bis dahin immer noch nicht. Ich wollte jedenfalls keinen crèmefarbenen Kater, ich wollte einen schwarzen Kater. Die beiden gehörten der Vermieterin Signora Fiorella. Sie war es auch, die den Katzen Namen gegeben hatte. Den kleinen Schwarzen hatte sie »Diabolo« genannt. Signora Fiorella war Religionslehrerin in der Grundschule. Sie war sehr dick und trug um den Hals fünf klobige Holzketten mit Kreuzen drauf. Als ich sie mal fragte, ob ich eine berühren dürfe, lächelte sie, nahm die Kette ab und fragte, ob sie mir gefalle. Die Kette war ziemlich hässlich, aber da Mama immer sagt, man soll Leuten nicht sagen, dass ihre Sachen hässlich sind, lächelte ich und sagte »bella«. Das ist italienisch und heißt »schön«. Daraufhin sagte Signora Fiorella, ich könne sie behalten. Ich sagte »grazie« und lächelte ebenfalls. Mama sagt immer, dass man sich über Geschenke von anderen freuen soll, auch wenn sie noch so hässlich sind. Als Mama die Kette sah, fragte sie, woher ich die denn habe. Mama glaubt nicht an Gott und fand die Kette, denke ich, nicht so gut. Dafür fand Kiki sie toll und wollte sie haben. »Das ist meine Kette«, schrie ich und trat Kiki gegen das Schienbein. Daraufhin machte sie das Wildpferd; das ist so ein Trick aus ihrem Kung-Fu-Unterricht, wo man auf den Rücken von seinem Gegner klettern und den ganz fest umklammern muss, sodass – selbst wenn der wie ein wildes Wildpferd rumtobt – er einen nicht runterwirft. Kiki hielt mich so stark fest und drückte mir den Hals zu, dass ich gar nicht mehr schreien konnte. Da riss Mama Kiki von meinem Rücken herunter und sagte, nun reiche es aber, und dabei fiel irgendwie das Kreuz runter und ging kaputt. Ich weinte und schrie, das bringe bestimmt Unglück, weil jetzt der Jesus sauer sei, und Mama hob die Augen zum Himmel. Ich sagte, dafür krieg ich aber jetzt die schwarze Katze, und Mama sagte o. k., jetzt lasst mich aber in Ruhe, und Kiki weinte und wollte das Wildpferd mit Mama machen, aber da ist Mama rausgegangen und sagte irgendwas von einem Irrenhaus.

Jetzt haben wir jedenfalls Diabolo hier, nur dass Diabolo nicht mehr Diabolo heißt, sondern Frau Katze, denn Diabolo war gar kein Kater, sondern eine Katze, was ich ohnehin viel besser finde, weil Jungs echt doof sind. Seit einiger Zeit aber benimmt sich Frau Katze ein wenig merkwürdig. Als es anfing, dachte ich erst, sie sei krank oder so, aber Mama meinte, sie sei nicht krank, sie habe nur ihre »besonderen Tage«. Natürlich wollte ich wissen, was das heißt, wenn man »besondere Tage« hat. Mama meinte, das könne man schlecht erklären, und Kiki machte große Augen, und da kam Papa und sagte, da brauche man gar nicht um den heißen Brei herumreden, das sei ganz einfach so, dass Frau Katze heiraten wolle.

»Heiraten?«, fragte ich. »Wieso heiraten?« Ich fand nämlich den Gedanken, dass Frau Katze einen blöden Kater heiraten und womöglich demnächst in ihr eigenes Katzenhaus ziehen wollte, ganz und gar nicht schön.

»Warum will sie weg von uns?«, fragte ich entsetzt. »Gefällt es ihr nicht bei uns?«

»Wer sagt denn, dass sie wegwill, sie will nur ein wenig Spaß haben!«

»Will sie Spaß oder will sie heiraten?«, wollte ich wissen, woraufhin Mama und Papa lachen mussten, warum, weiß ich nicht. Jedenfalls verging meinen Eltern bald das Lachen, denn Frau

Katze, die wirklich unbedingt heiraten wollte, begann jetzt ganz laut zu miauen. Und das nicht nur tagsüber, sondern auch mitten in der Nacht. Mama meinte, so könne das nicht weitergehen, sie sei neulich in ihrer eigenen Vorlesung eingeschlafen. Papa schlug vor, die Katze auszusperren.

»Bist du verrückt?«, sagte ich. Obwohl auch ich sauer auf Frau Katze war, hieß das noch lange nicht, dass wir sie verstoßen wollten. Frau Katze wusste nichts von unseren Überlegungen, und ehrlich gesagt glaube ich, dass ihr das auch unterdessen egal war. Sie miaute weiterhin, rollte sich auf dem Boden und streckte ihren Po irgendwie so komisch in die Höhe. Selbst das Essen interessierte sie nicht mehr. Dafür hatten wir jetzt nicht nur Frau Katze, sondern auch vier Kater, die regelmäßig zu uns vor die Haustür kamen, um um die Hand von Frau Katze anzuhalten. Nächtelang saßen sie vor unserer Tür und miauten.

»Die Armen sind verliebt«, erklärte ich Kiki. Irgendwie fand ich Frau Katze gemein. Sie sagte nie, wen sie am besten fand, sondern ließ alle Kater jede Nacht anrücken und für sie schreien. Oft kämpften sie dann auch noch gegeneinander. Und Frau Katze schaute von der Katzenklappe aus zu, die wir nach außen hin zugemacht hatten, damit die Kater nicht ins Haus kamen.

»Das ist wie mit den Rittern«, erklärte ich Kiki weiter. »Der, der gewinnt, darf sie dann heiraten.«

»Da sieht man mal, wie die Frauen so sind«, sagte Papa. »Sie wollen nur die Männer verrückt machen und sie ins Verderben stürzen.«

»Unsinn«, sagte Mama und verdrehte die Augen.

»Natürlich«, sagte Papa. »Ist doch genauso wie bei deiner Freundin Rosalie.«

Rosalie ist eine alte Freundin von Mama, die Papa nicht ausstehen kann. Rosalie war dreimal verheiratet und erzählt immer lustige Geschichten über Männer, bei denen ich dann immer aus dem Zimmer geschickt werde.

»Ich bitte dich«, sagte Mama. »Die Kater sind doch selber schuld, wenn sie so blöd sind.«

Mama hatte jedenfalls beschlossen, dass Frau Katze für ihre besonderen Tage im Haus eingesperrt bleiben sollte, weil wir ja keine Katzenbabys wollten. Was nicht so ganz stimmte, weil Kiki und ich sehr wohl Katzenbabys haben wollten. Aber Mama hatte gesagt: »Schluss und Ende der Diskussion«, und wenn Mama »Schluss und Ende der Diskussion« sagt, dann ist da meistens nicht viel zu machen. Obwohl diesmal sogar Papa auf unserer Seite war.

»Warum sollten wir eigentlich keine süßen

Katzenbabys haben?«, fragte er. »Die können wir doch dann verschenken. Wenn Frau Katze heiratet und Babys bekommt, ist das doch wie Aufklärungsunterricht für die Kinder.«

»Was ist Aufklärungsunterricht?«, fragte ich.

»Bist du verrückt? Das Letzte, was wir hier brauchen, sind Katzenbabys!«, sagte Mama.

»Was ist Aufklärungsunterricht?«, wiederholte ich.

Mama schaute von ihrem Computer auf.

»Frag Papa«, sagte sie.

Ich sah zu Papa. »Was ist Aufklärungsunterricht?«, fragte ich. Ich kann nämlich sehr hartnäckig sein.

»Das ist, wenn man den Kindern erklärt, woher sie kommen«, sagte Papa.

»Ich weiß, woher ich komme«, sagte ich. »Aus dem Bauch von Mama!«

»Ja, aber du weißt nicht, wie du da hineingekommen bist!«, sagte Papa. Womit er recht hatte.

»Und wie bin ich da hineingekommen?«

Papa zögerte und sah zu Mama.

»Frag…«, begann er, doch da warf ihm Mama einen so bösen Blick zu, dass er nichts mehr sagte. »Also… das… äh… na ja, ist dann eben so wie mit den Katzen.«

»Versteh ich nicht«, sagte ich.

Meine Mutter verdrehte wieder die Augen.

»Wir brauchen da gar nicht so einen Bohei drum machen«, sagte Papa. »Da ist nichts dabei, gar nichts.«

Aber dann schwieg er. Ich auch. Ich wartete. Jetzt verdrehte Papa die Augen. »Also die Kater«, begann er, »die haben einen kleinen Penis…«

»Ihhhhhh«, schrie ich. Ich mag nämlich keine Penisse.

Mama sah Papa wieder böse an, und Papa hörte sofort auf zu reden. Jetzt mischte sich Mama ein.

»Schau einfach zu, wenn Frau Katze mal heiratet, dann weißt du, wie Babys auf die Welt kommen.«

»Ich dachte, Frau Katze soll nicht heiraten«, sagte ich.

»Sie soll jetzt auch noch nicht heiraten«, sagte Mama. »Weil… weil…«, sie schien irgendwie nach einem Wort zu suchen. Aber dann fiel es ihr wieder ein. »…weil sie nämlich noch viel zu jung dafür ist!«

Plötzlich sah Mama wieder ganz zufrieden aus.

Das Problem war nur, dass ich jetzt wirklich neugierig geworden war, wie das mit den Babys und so ist. Aber von meinen Eltern war jetzt nichts mehr zu holen.

Wahrscheinlich hätte ich nie erfahren, wie die Babys in den Bauch kommen, wenn eines Abends nicht die Katzenklappe kaputtgegangen wäre und plötzlich der weiße Kater mitten bei uns im Wohnzimmer gestanden hätte. Wie der Kater die Klappe kaputt gemacht hat, wusste niemand. Aber wir hatten auch keine Zeit, darüber nachzudenken, weil der weiße Kater Frau Katze packte und sie heftig ins Genick biss. Frau Katze schrie so laut, wie ich sie noch nie habe schreien hören. Daraufhin schrie Kiki ebenso. Mama schrie: »Ruhe!«, und mein Vater versuchte dazwischenzugehen.

In der Tat ließ der Kater kurz Frau Katze los, allerdings um Papa in die Hand zu beißen. Jetzt war es Papa, der schrie. Mama packte den Kater, und der ließ Papa los, um wieder Frau Katze ins Genick zu beißen. Papa hatte zwei kleine Löcher in der Hand und blutete. Da ich Blut nicht sehen kann, schrie ich jetzt auch. Kiki hingegen hörte auf zu schreien. Sie liebt es, wenn jemand verarztet werden muss. Sie holte Desinfektionsspray, um Papas Wunde damit zu besprühen. Frau Katze knurrte jetzt. Mama holte einen Besen.

»Und jetzt raus!«, sagte sie zum weißen Kater. Aber es half nichts. Der weiße Kater hatte sich jetzt irgendwie von hinten auf Frau Katze gelegt und machte komische ruckartige Bewegungen.

Mama schrie Papa an, sie wolle keine Katzenbabys, er solle doch etwas unternehmen. Woraufhin Papa erwiderte, die Babys seien ihm jetzt egal, er wisse nicht, wann er seine letzte Impfung wegen Wundstarrkrampf gehabt habe; Katzenspeichel im Blut sei wie Gift, daran könne man sterben, und wo denn sein Impfpass sei. Mama sagte, sie habe keine Ahnung, und ich fragte, was der Kater da machte.

»Heiraten!«, erwiderte Mama barsch, woraufhin ich zu weinen anfing, weil ich immer gedacht hatte, dass das was Schönes sei und nicht irgendwas, wo der Mann die Frau beißt und ihr auf den Rücken steigt. Papa suchte seinen Impfpass, und Mama versuchte weiterhin, mit dem Besen den Kater zu vertreiben. Mein Vater schrie: »Nein, jetzt darf man nicht mehr dazwischengehen, sonst bleibt der Penis stecken!« Worauf ich wieder laut »Ihhhhh!« schrie und meine Mutter Papa anschrie, er solle seine Töchter nicht traumatisieren.

Ich hörte auf zu schreien und wollte wissen, was traumatisieren bedeutet und ob das so etwas Ähnliches sei wie der Aufklärungsunterricht, und in dem Moment kam Kiki mit dem Impfpass. Sie liebt alles, was mit Kranksein und Ärzten zu tun hat, und Papa sagte »danke«, und Mama hörte auf zu schreien, weil sie es geschafft hatte, dass der weiße Kater jetzt weglief.

Plötzlich war alles wunderbar ruhig und friedlich. Auch Papa war beruhigt, weil er doch vor Kurzem geimpft worden war und jetzt doch nicht wegen dem Biss sterben musste. Nur Frau Katze sah nicht glücklich aus. Sie fauchte kurz und haute dann durch die kaputte Katzenklappe ab, um dem weißen Kater hinterherzulaufen.

Papa schnalzte mit der Zunge und sagte »Tststs... die Frauen«, woraufhin meine Mutter wieder einmal die Augen verdrehte. Ich hatte jetzt jedenfalls genug vom Heiraten und dem ganzen Getue von Frau Katze. Wenn man dann so verrückt wird wie Frau Katze, will ich jedenfalls nichts damit zu tun haben.

Als ein paar Monate später Frau Katze fünf Katzenbabys auf die Welt brachte und Mama und Papa mir erklären wollten, wie das mit dem Heiraten so ging, winkte ich ab. Manchmal waren meine Eltern wirklich furchtbar naiv.

»Frau Katze hatte nie vor zu heiraten«, erklärte ich. »Sie war nur an Sex interessiert.«

Rosalie hatte mir alles erklärt, als sie das letzte Mal zu Besuch war und Mama kurz einen Kuchen kaufen ging. Mama und Papa machten große Augen.

»Das wollen Frauen öfter«, sagte ich. »Zumindest seit den 60ern.«

»Aha«, sagte Mama schließlich. »Na, dann ist das Thema ja erledigt.«

Ich seufzte. Dass meine Eltern so lange warten mussten, um die Wahrheit über das Heiraten und Sex herauszufinden, ist wirklich ein starkes Stück, aber ich denke, besser spät als nie.

Die neue Freundin

Und dann hatte ich eine neue Freundin. Sie hieß Tine und lebte in dem Ort, in dem ganz hohe Häuser sind und die Wäsche auf den Balkonen hängt. Die anderen machten sich über Tine lustig, weil sie jeden Tag dasselbe T-Shirt mit der glitzernden Barbie und diese Sportschuhe mit den Absätzen trug. Besonders Papaya regte sich über Tines T-Shirt auf und sagte, sie verstehe nicht, warum Tines Mama ihr nicht ein schönes von Tommy Hilfiger kaufe. Papayas Papa arbeitet beim Fernsehen, ihre Eltern haben viel Geld, und sie hat nicht so richtig Ahnung davon, dass andere Leute sich keine Markensachen leisten können. Deshalb sagte ich zu Papaya, dass das gemein sei, die Tine kleinzumachen, nur weil ihre Familie kein Geld hat; aber Papaya zuckte nur mit den Achseln und sagte, ich hätte keine Ahnung von Mode. Als ich das Mama erzählte, sagte sie, dass sie stolz auf mich und es wichtig sei, die Kinder aus unterprivilegierten Schichten zu verteidigen; wir seien eine liberale Familie, die keine Vorurteile habe. Ich sagte Mama, dass ich Tine viel lieber habe als die blöde Papaya, und fragte, ob ich morgen nach der Schule zu Tine gehen dürfe. Mama sagte: »Aber natürlich«, sie habe morgen sowieso viel zu arbeiten und nicht viel Zeit für mich; doch das ist nichts Neues, denn Mama hat eigentlich jeden Tag was zu arbeiten und keine Zeit, mit mir zu spielen.

Als ich am Abend nach Hause kam, fragte mich Mama, wie es bei Tine gewesen sei. Ich sagte »toll« und ob ich morgen wieder hingehen könne. Mama sagte Ja, sie habe sowieso zu tun, und so ging ich am nächsten Tag wieder zu Tine. Das machte ich die ganze Woche. Bis ich am Sonntag, als wir alle beim Frühstück saßen, Mama und Papa verkündete, dass ich ab heute bei Tine leben würde. Mama sagte: »Wie bitte?«, und verschluckte sich dabei. Papa schlug Mama auf den Rücken und sagte, ich solle nicht so einen Unsinn reden, Mama habe eine schwere Woche hinter sich, ich solle sie nicht ärgern. Ich sagte, ich wisse das, und dass es doch umso praktischer für Mama sei, wenn ich auszöge. Mama fragte, warum ich um Himmels willen so einen Unsinn sagen würde, aber ich sagte, dass es nun mal bei Tine viel lustiger sei als bei uns. Mama fragte, was ich unter »lustiger« verstand, und ich sagte, dass die Eltern immer lustige Dinge erzählten, und Mama sagte: »Aha.« Dann wollte sie wissen, was für Dinge das seien, und ich sagte, na, die Geschichten von den Leuten, die in ihrem großen Haus wohnten eben, wie zum Beispiel die Geschichte mit der Hadscha, die von zu Hause abgehauen ist, weil ihre Eltern sie mit einem Cousin aus der Türkei verheiraten wollen, oder die Geschichte vom Maurizio nebenan, der ganz viel Geld im Lotto gewonnen und sich ein Schiff im Mittelmeer gekauft hat, aber dann das Geld irgendwie verloren hat und jetzt wieder nebenan wohnt, und solche Sachen eben. Mama sagte, sie könne auch lustige Geschichten erzählen, wenn sie wolle, und ich sagte, echt, und dass sie mir mal eine erzählen solle, aber Mama sagte, dass ihr jetzt auf die Schnelle keine einfiele, und dann sagte ich, dass zweitens das Essen bei Tine viel leckerer sei als bei uns, immer so knusprig und schön gesalzen und nicht so langweilig wie bei uns. Mama sagte, ihr Essen sei vielleicht langweilig, aber dafür würden ihre Kinder nicht frühzeitig an Herzversagen sterben. Ich sagte, dass ich es außerdem leid sei, immer nur mit Mama Bücher zu lesen, ich wolle auch mal Spongebob im Ekelfernsehen anschauen oder ein Computerspiel spielen, Tines Mama würde das immer mit uns machen. Mama sagte, dass Spongebob Mist sei und Computerspiele nur Fantasie domestizierten, und ich sagte, dass ich außerdem keine Lust mehr hätte, andauernd nachfragen zu müssen, was solche Wörter wie »domestizieren« bedeuten, bei Tine würde ich immer alles verstehen.

Mama sah Papa an und fragte, was sie nur falsch gemacht habe, dass sich das Kind gegen sie wende, und ich sagte, sie solle mich nicht »das Kind« nennen, mein Name sei Leonie, und dass ich jetzt meinen Koffer holen werde. Mama sagte zu Papa, er solle doch jetzt was tun, und Papa sagte zu Mama, sie solle sich nicht so aufregen, er habe früher auch einmal ausziehen wollen, das sei gewesen, nachdem er *Huckleberry Finn* gelesen habe. Aber Mama sah Papa nur böse an und fragte, ob er wirklich glaube, dass Tom Saywer ein gutes Beispiel sei, und Papa sagte, warum nicht, das sei immerhin ein Klassiker der amerikanischen Literaturgeschichte. Ich sagte, dass ich überhaupt nicht vorhabe, ein Floß zu bauen, mir sei Tom Sawyer egal, ich wolle Spongebob im Ekelfernsehen sehen, und Mama sagte, sie könne einfach nicht glauben, dass das Kind gegen die Werte der Familie rebelliere. Ich sagte, mein Name sei verdammt noch mal Leonie, und Mama sagte: »Na, super«, und dass ich jetzt auch noch das Fluchen gelernt hätte, wahrscheinlich bei der neuen Freundin, und dass ich demnächst, wenn ich weiterhin bei diesen Proleten in dem 1000-Jahre-Zuchthaus-Gebäude Zeit verbringen würde, bald mit einem Piercing und meinem ersten Tattoo ankommen würde. Papa wollte wissen, was denn das 1000-Jahre-Zuchthaus-Gebäude sei, und Mama sagte, das sei jenes Hochhaus, in dem Tines Eltern lebten, das man so nenne, weil da so viele Ex-Sträflinge lebten und ihre Haftstrafen zusammengenommen 1000 Jahre betrügen. Papa sagte: »Wie bitte?«, und wie Mama es zulassen könne, dass ich da meine Nachmittage verbringe, und ich sagte, Mama habe doch gesagt, wir seien eine liberale Familie ohne Vorurteile, und Mama schrie, dass sie verdammt noch mal sehr wohl Vorurteile gegen Spongebob aus dem Ekelfernsehen habe und wir als Bildungsbürger langsam unter Artenschutz gehörten wie der Sibirische Tiger, und sie deshalb erwarte, dass jedes Familienmitglied mithelfe, damit wir nicht untergingen. Kiki machte einen Handstand, weil sie es nicht aushalten kann, wenn sich jemand streitet; ich fing an zu weinen, und Oma Musi klopfte an die Tür und wollte sofort hereingelassen werden. Sie habe gehört, wie das Kind geschrien habe, es wolle ausziehen, das sei doch sicherlich Mamas Schuld, die die Kinder misshandle, sie habe die Polizei verständigt, und Mama sagte: »Na super«, und dass Papa sich darum kümmern solle, sie habe jetzt für Oma Musis Geschichten wirklich keine Zeit. Kurze Zeit danach klopfte es aber noch mal, und vor der Tür standen zwei Polizisten, die wissen wollten, wo das Kind sei, das gerade geprügelt würde, und ich sagte, dass ich nicht »das Kind« sei, sondern einen Namen habe, nämlich Leonie, und der eine Polizist beugte sich zu mir herunter und sagte: »Ach so«, und fragte, ob meine Mutter mich denn öfter misshandeln würde, ich könne ihm ruhig alles erzählen. Dann gingen die Polizisten zu Mama und sagten, dass sie jetzt Mama mitnähmen. Oma Musi umarmte den Polizisten und sagte, dass er ein Lebensretter sei, und Mama sagte zu dem Polizisten: »Was erlauben Sie sich?«, und Papa sagte, sie solle sich beruhigen, sonst werde sie wegen Beamtenbeleidigung festgenommen, und Mama sagte, dass das wohl die Höhe sei, es sei doch wohl bitte schön sie, die permanent beleidigt werde, erst von Leonie und dann von Oma Musi, die sich in Angelegenheiten mische, die sie nichts angingen. Oma Musi schrie, dass es sie sehr wohl etwas angehe, wenn ihre Enkel geprügelt würden, und warum er Mama jetzt nicht mitnehme. Dann reichte es mir. Ich schrie ganz laut »Nein« und stellte mich vor Mama hin und sagte, dass Mama mich nie schlagen würde, weil meine Eltern Bildungsbürger seien, und dass Mama und Papa die besten Eltern der Welt seien, auch wenn Mama nicht immer viel Zeit für uns habe, weil sie so viel arbeiten müsse, aber dass sie sich sehr gut um mich kümmere und uns immer gesundes Essen mache, von dem wir nicht an Herzversagen sterben mussten, und uns auch nicht einfach irgendeinen Mist im Ekelfernsehen anschauen lasse, und dass wir alle eine Familie von Sibirischen Tigern seien, die vom Untergang bedroht sind. Kiki stellte sich auf vier Beine und fing an zu fauchen. Die Polizisten sahen sich an, und dann fragte der eine Oma Musi, ob sie sich denn sicher sei, dass ihre Enkel geschlagen würden, und Oma Musi sagte, dass sie sich hierbei genauso sicher sei wie darüber, dass die Hunnen regelmäßig nach Deutschland kommen, um Eisen zu klauen. Da sah der eine Polizist wieder den anderen an und meinte: »Alles klar.« Dann wünschten sie uns noch einen schönen Abend und gingen hinaus, begleitet von Oma Musi, die ihnen hinterherschrie, dass sie nicht einfach so gehen durften und sie sie anzeigen werde.

Mama machte die Tür zu und sagte: »Puh!«, und ich sagte, dass wenn Papa mir *Huckleberry Finn* vorlesen würde, ich mir das mit dem Ausziehen noch überlegen würde. Papa sagte »Na siehst du« zu Mama, und Mama seufzte. Und am Abend kuschelten wir uns alle in Mamas und Papas Bett und spielten zusammen Sibirische Tiger.

Der Gaudiwurm

Und dann waren da die Faschingsferien. Papa und Mama hatten beschlossen, dieses Jahr mit dem Auto in die Berge zu fahren, um mit uns Ski zu fahren.

Am Tag der Abreise weckte uns Mama ganz früh. Sie sagte, wir sollten uns jetzt anziehen, sie würde unsere Koffer schon mal ins Auto tragen. Sofort war ich hellwach und fragte, was sie damit meine, schließlich hätten Kiki und ich noch gar keine Koffer gepackt. Mama meinte, das bräuchten wir auch nicht, denn das habe sie schon für uns erledigt.

Ich begann zu weinen. Mama fragte, was denn los sei, und ich sagte, dass das ungerecht sei, sie habe uns doch beim letzten Urlaub versprochen, wir dürften das nächste Mal allein die Koffer packen, und dass ich gar nicht daran dachte, mit einem Koffer in die Berge zu fahren, den ich nicht selber gepackt hätte. Mama seufzte und sagte, dass ich und Kiki von ihr aus die Koffer ja mal kurz durchsehen könnten, sie müsse jetzt unter die Dusche, aber dass sie in einer halben Stunde wieder da sei und sie dann die Koffer ins Auto tragen werde, wir müssten uns beeilen, weil

Papa Angst vor einer Schlange habe. Ich fragte »Schlange, was für eine Schlange?«, aber Mama war schon weg.

Also weckte ich Kiki, und wir machten die Koffer auf. Ich war heilfroh, dass ich darauf bestanden hatte, in meinen Dinosaurierkoffer reinzuschauen, denn Mama hatte alles falsch gemacht. Zum Beispiel hatte sie mir die lila Weste und die Hose mit den Sternchen eingepackt, obwohl ich die seit Monaten nicht mehr ausstehen konnte. Aber auch Kiki war unzufrieden, als sie ihren kleinen rosa Feenkoffer aufmachte. Sie sah die Jeans und die Cordhosen in ihrem Koffer an und schüttelte den Kopf. Kiki hasst Jeans und Cordhosen und bettelte seit Wochen darum, endlich wieder ihre kurze Sommerhose anziehen zu dürfen.

Kurzerhand verschwand Kiki in den Speicher, wo Mama die Kiste mit den Sommersachen verstaut hatte. Als sie nach einiger Zeit wieder runterkam, hatte sie eine dünne helle Sommerhose und kurzärmlige bunte T-Shirts im Arm und strahlte. Weil ich aber auf keinen Fall wollte, dass jetzt nur Kiki hübsche Sommersachen anhatte und ich wie ein Depp in dicken hässlichen Winterpullis rumlief, ging ich ebenfalls in den Speicher und holte mir nun meine Sommerkleider.

Jetzt waren wir beide zufrieden. Nur Mama machte ein komisches Gesicht, als sie in unsere Koffer blickte. Sie wollte wissen, was, zum Teufel, das solle und ob wir denn nicht wüssten, dass wir jetzt in den Schnee und die Kälte fuhren. Kiki zuckte mit den Achseln und machte Liegestützen, und ich sagte, das sei doch egal, wichtig sei doch nur, dass man sich wohlfühle, oder nicht? Doch Mama meinte: »Nicht, wenn man am Ende eine Lungenentzündung bekommt«, und packte kurzerhand die alten Sachen wieder ein. Ich stampfte mit dem Fuß auf und sagte, dass das eine Gemeinheit sei und ich nie im Leben die lila Weste und die Hose mit den Sternchen anziehen würde, und Mama sagte, jetzt reiche es, wir seien ohnehin durch diesen Quatsch schon später dran als geplant. Da rief Papa, wir sollten jetzt sofort zum Frühstück kommen, weil wir gleich losfahren müssten.

Während des Frühstücks hörte Papa ständig Radio. Er erklärte uns, dass heute die Faschingsferien in mehreren Bundesländern begannen und ganz viele Leute das Gleiche machen wollten wie wir, also in die Berge fahren. Daher werde es eine fürchterliche Schlange auf den Straßen geben. Ich lachte, weil ich mir vorstellte, wie eine riesige Anakonda auf der Autobahn lag und die Autos auffraß, aber Papa lachte gar nicht, und

Mama sagte zu Papa, dass er jetzt nicht paranoid werden solle. Ich fragte, was »paranoid« bedeute, und Mama sagte, das sei, wenn Menschen Angst vor irgendwelchen Dingen hatten, wie zum Beispiel Schlangen auf der Straße. Papa wies Mama zurecht, sie solle jetzt bitte objektiv bleiben, aber Mama zuckte nur mit den Schultern und sagte, dass sie jedenfalls nicht diejenige sei, die an Schlangenverfolgungswahn leide. Papa sagte, dass es doch vollkommen rational sei, eine entspannte und keine stressige Autofahrt anzustreben. Ich fragte, was »rational« bedeute, und Papa meinte, das sei etwas, mit dem Mama oft ein Problem habe, was mich erst recht neugierig machte. Mama meinte, »rational« bedeute, immer nur stur irgendwelche Pläne zu verfolgen, ohne darauf Rücksicht zu nehmen, dass das Leben nun mal meist anders verlaufe als geplant. Papa sagte, wenn man keine Pläne verfolge, werde man weder im Leben weiter- noch je in den Alpen ankommen. Mama rollte mit den Augen und fragte, ob wir jetzt endlich gehen könnten. Papa sagte »Ja« und dass es ja wohl nicht an ihm liege.

Wir wollten gerade aus dem Haus gehen, als Mama einfiel, dass wir vergessen hatten, Frau Katze zu unserer Nachbarin, Frau Mörtel, zu bringen, die auf sie aufpassen sollte, während wir weg waren. Das Blöde war leider nur, dass von Frau Katze weit und breit nichts zu sehen war.

Wir stürmten nach draußen und riefen nach ihr. Tatsächlich hörten wir bald danach ein Maunzen. Es kam vom Dach. Frau Katze sah uns von oben an und miaute. Wir winkten und sagten ihr, sie solle herunterkommen, aber Frau Katze weigerte sich. Papa sagte, dass wir hier nicht stundenlang im Garten stehen könnten, und schlug vor, Frau Katze einfach auf dem Dach zu lassen. Irgendwann, so sagte er, werde sie schließlich von alleine wieder runterkommen. Ich schrie und sagte, ich würde nirgendwohin fahren, wenn wir Frau Katze nicht vorher bei Frau Mörtel abgegeben hätten. Mama sagte, dass ich mich nicht so aufregen solle, aber dass sie jedenfalls nicht diejenige sei, die auf das Dach steigen werde. Dann sah sie, wie plötzlich Kiki versuchte, sich an der Regenrinne hochzuhieven. Mama packte sie an der Jacke, zog sie runter und sagte, dass sie gefälligst unten bleiben solle. Kiki schmollte. Sie klettert mit Begeisterung und hätte zu gerne Frau Katze vom Dach geholt. Mama rief noch einmal »Frau Katze«, aber Frau Katze saß nur da und schaute in die Ferne. Dann begann sie, sich abzuschlecken.

Papa sagte, dass das so nicht weitergehe und

dass, wenn wir jetzt nicht gleich fahren würden, es gar keinen Sinn habe, überhaupt zu fahren, dann könnten wir gleich wieder auspacken und zu Hause bleiben. Mama sagte, er solle nicht so übertreiben. Papa wollte wieder etwas antworten, aber in diesem Moment kam Frau Mörtel an unsere Gartentür. Sie sagte, sie habe mitbekommen, dass die Katze auf dem Dach sei, und ob wir nicht Leberwurst hätten, für Leberwurst sei noch jede Katze vom Dach gekommen. Mama sagte Nein, sie habe keine Leberwurst, aber Papa meinte, es gebe doch diese Gänseleber aus Frankreich im Eisfach. Mama fragte Papa, ob er verrückt geworden sei, sie denke nicht im Traum daran, die *foie gras* an die Katze zu verfüttern, die habe Maminou aus dem Perigord für sie mitgenommen, und ob Papa wisse, was so eine *foie gras* eigentlich koste. Aber Papa sagte, dass er von *foie gras* ohnehin nur Bauchweh bekomme, er habe sowieso den Verdacht, Maminou wolle ihn damit vergiften, damit Mama endlich den Jacques heiraten könne, den Maminou für Mama damals unbedingt haben wollte. Mama sagte, dass man erstens von *foie gras* kein Bauchweh bekomme, zweitens der Jacques schwul sei und drittens Maminou das auch wisse. Frau Mörtel fragte, ob sie später noch mal vorbeikommen solle, und ich fragte, was »schwul« bedeute.

Mama sagte, dass sie mir das ein andermal erklären wolle.

Daraufhin verschwand Papa im Haus, um die *foie gras* zu holen. Leider dauerte das eine Weile, und so bekam er auch nicht mit, wie Frau Mörtel nach kurzer Zeit mit Leberwurst in der Hand wiedergekommen war. Kurz nachdem sie »Maunzi, Maunzi« gerufen hatte, war Frau Katze auch schon freudig vom Dach gesprungen und hatte die Leberwurst von Frau Mörtels Finger abgeschleckt.

Als Papa mit der *foie gras* wiederkam, wollte er wissen, wo Frau Katze war, und Mama sagte, die sei jetzt bei Frau Mörtel und er könne die *foie gras* wieder in das Eisfach legen, aber Papa sagte, dies ginge nun nicht mehr, weil er sie schon in der Mikrowelle aufgetaut habe. Mama holte Luft und sagte, dann sei das Problem mit der *foie gras* sowieso gelöst und dass sie jetzt fahren könnten.

Nur ich schmollte. Mir hatte es gar nicht gefallen, dass Frau Mörtel Frau Katze »Maunzi« genannt hatte. Ich sagte zu Mama, sie solle sofort zu Frau Mörtel gehen und sie bitten, Frau Katze bitte nicht »Maunzi« zu nennen, sondern Frau Katze, und außerdem solle sie ihr auf keinen Fall wieder Leberwurst geben, davon werde Frau Katze nur fett, ich wolle bei meiner Rückkehr keine fette Katze namens Maunzi haben. Mama sagte, Frau Mörtel könne die Katze von ihr aus auch »Mickey Mouse« nennen, wir sollten froh sein, dass Frau Mörtel so nett sei, sich um die Katze zu kümmern. Aber ich sagte, dass, wenn das so sei, ich hierbleiben würde, woraufhin Mama mich anschrie, ich solle nicht so rumspinnen. Ich sagte, dass sie, Papa und Kiki ruhig ohne mich wegfahren könnten, ich würde zu Oma Musi gehen, die nebenan wohnt. Mama wurde irgendwie rot im Gesicht, aber anstatt mich wieder anzuschreien, drehte sie sich zu Papa um und sagte ihm, er solle sich um seine Tochter kümmern, sie werde jetzt die Brote holen, die sie geschmiert habe, und dann ins Auto bringen. Papa sah mich nur müde an. Ich glaube, er dachte wieder an die Anakondas, die jetzt auf den Autobahnen lagen, und da tat er mir irgendwie so leid, dass ich ihn an der Hand nahm und sagte, ich wolle jetzt ins Auto.

Endlich waren wir alle im Auto, es konnte losgehen. Doch gerade als wir losfuhren, kam Oma Musi auf uns zu. Sie hatte ihre Haare noch in den Lockenwicklern und einen Bademantel an. Sie wollte wissen, warum wir jetzt flüchten wollten, die Polen hätten doch schon längst aufgegeben. Oma Musi wohnt in der Wohnung neben uns und hat einen jungen Griechen, der auf sie aufpasst, wenn wir nicht da sind. Oma Musi hat nämlich manchmal ganz schön komische Ideen. Papa sagte, sie brauche keine Angst zu haben und dass wir nicht in den Krieg zögen, sondern nur zum Skifahren in die Berge, woraufhin Oma Musi sagte, sie wolle auch mit, sie liebe Skifahren. Aber Papa meinte, das ginge jetzt nicht. Oma Musi sagte, warum nicht, sie bestehe jetzt darauf, auch Skifahren zu gehen, immerhin sei Papa ihr Sohn und solle nicht so ungehorsam sein. Papa stieg aus und flüsterte ihr etwas ins Ohr. Oma Musi seufzte, ging wieder ins Haus, und Papa sagte »So!« und dass wir jetzt endlich fahren könnten.

Doch kaum waren wir um die Ecke gebogen, gab es einen heftigen Ruck. Papa hatte eine Vollbremsung gemacht. Meine Mutter fragte, was los sei, aber mein Vater sagte gar nichts, sondern deutete nur nach vorn. Mama wollte wissen, was da sei, und Papa sagte, das sei der Gaudiwurm. Mama fragte, ob Papa jetzt völlig durchgedreht sei, und ich und Kiki lachten, weil wir gedacht hatten, wir würden auf der Fahrt eine Schlange, aber keinen Wurm sehen. Aber Papa war irgendwie gar nicht zum Lachen zumute, er sagte, es sei ja Faschingsdienstag, und da fände doch jedes Jahr dieser Umzug statt, der Gaudiwurm eben.

Mama sagte, das mache doch nichts, der Gaudiwurm sei doch sicherlich bald vorbei, doch Papa sah irgendwie gar nicht fröhlich aus und meinte, dass das mit dem Gaudiwurm noch Stunden dauern könne. Mama sagte, dass das doch nicht wahr sei und wir irgendetwas dagegen machen müssten, doch als Mama und Papa sich darauf geeinigt hatten, im Rückwärtsgang wieder zurückzufahren, um eine Umleitung zu nehmen, waren wir auch schon von lauter verkleideten Menschen umzingelt, die uns Konfetti an die Scheibe warfen und mit Tröten begrüßten. Ich sagte, dass ich jetzt etwas essen wolle, und Kiki gab uns zu verstehen, dass sie aufs Klo müsse, aber Papa nickte nur und sagte gar nichts. Irgendwann holte Kiki die Uno-Karten hervor, und wir begannen zu spielen. Wir spielten so lange, bis Kiki irgendwann vergaß, dass sie aufs Klo musste, und ich, dass ich Hunger hatte.

Nach ein paar Stunden waren die Verkleideten weg, und wir konnten endlich auf die Autobahn. Ich war ganz schön gespannt wegen der Schlange, von der Papa die ganze Zeit gesprochen hatte.

Aber als wir dann auf der Autobahn waren, war da weder eine Schlange noch eine Anakonda. Papa meinte, das liege daran, dass es jetzt schon so spät sei und Schlangen immer nur am Tag auftauchen würden. Ich sagte zu Papa, dass wir uns ja dann doch richtig über den Gaudiwurm freuen sollten, der die Anakonda verjagt hatte, und Papa seufzte und sagte, ja, das sollten wir dann wohl, woraufhin Mama seine Hand nahm und ihn anlächelte.

Wir bekommen Vincent

Alles begann damit, dass wir in Papas Auto auf dem Weg in die Berge saßen und Mama sagte, dass sie nicht mit uns Ski fahren, sondern sich in die Hütte setzen und uns zuschauen werde.

»Warum willst du nicht mit uns fahren?«, fragte ich.

»Na ja … weil …« Sie kicherte komisch.

»Was ist denn?«, fragte ich.

Jetzt war es Papa, der komisch kicherte.

Ich sah Kiki an. Kiki zuckte mit den Schultern.

»Also, was ist jetzt?«, sagte ich.

Mama sah erst mich, dann Kiki an.

»Ich werde deshalb nicht Ski fahren, weil ich einen kleinen Vincent im Bauch habe.«

»Hä?«, sagte ich.

»Vincent ist ein Jungenname«, sagte Papa.

»Wer ist Vincent?«, fragte ich.

»Dein kleiner Bruder«, sagte Mama.

Kiki strahlte und warf von hinten ihre Arme um Mama. Ich hingegen starrte Mama böse an. Papa sagte, ich könne mich ruhig ein bisschen freuen, aber ich sagte »Nein«, und dass man sich nicht auf etwas freuen könne, das den ganzen

Tag schreit und rülpst. Außerdem sei es schon schlimm genug, alles mit Kiki teilen zu müssen. Mama bekam feuchte Augen und sagte irgendetwas über die Liebe, die nicht weniger wird, wenn ein neuer Mensch zum Lieben dazukommt, was ich aber reichlich unlogisch fand, denn wenn die Liebe so was wie ein Kuchen ist, von dem statt zwei jetzt drei essen müssen, dann gibt es definitiv weniger Kuchen für jeden. Und weil ich fand, dass es echt total gemein war, uns weniger Liebeskuchen zu geben, beschloss ich auf der Stelle, nie mehr mit Mama und Papa zu reden. Also zumindest nicht während der Ferien.

Nach ein paar Stunden kamen wir in dem Hotel in den Bergen an. In den Zimmern gab es dicke Holzschränke, gemütliche Stühle mit geschnitzten Murmeltieren drauf, und die Betten hatten weiße Daunendecken, in denen man versinken konnte wie in einem großen Kuschelberg. Wahrscheinlich hätte ich es auch total schön gefunden, wenn da nicht die Sache mit dem Baby und dem Liebeskuchen gewesen wäre, die mir gründlich die Laune verdorben hatten.

Beim Abendessen sprach ich weiterhin kein Wort mit meinen Eltern. Nur als Papa mich einmal fragte, ob ich noch mehr Nudeln wolle, verplapperte ich mich und sagte: »Ja, bitte«, woraufhin Mama erleichtert zu mir hochblickte, was mich ganz wütend machte, denn wenn es etwas gab, das ich nicht wollte, dann, dass Mama erleichtert war.

»Wir sollten abhauen!«, zischte ich Kiki zu, als wir später im Bett lagen.

Aber Kiki sah mich nur fragend an.

»So wie in *Huckleberry Finn*. Wir könnten ein Floß bauen.«

Kiki tippte mit ihrem Zeigefinger auf ihre Schläfe.

»Dann gehe ich eben allein!«, sagte ich trotzig. »Ich ziehe auf eine Hütte zu einem Almöhi, der auf mich aufpasst und mir beibringt, wie man Ziegen hütet. Ich laufe den ganzen Tag auf der Wiese rum und kriege rote Bäckchen wie Heidi.«

Kiki zuckte mit den Schultern. Ich glaube, sie traute es mir nicht zu, dass ich Ziegen hüten könnte, was mich echt wütend machte. Außerdem schien sie immer noch nicht begriffen zu haben, was da eigentlich auf uns zukam. Also sagte ich, dass Mama und Papa bald überhaupt keine Zeit mehr für uns haben werden, wenn das Baby erst einmal da sei. Um uns werde sich niemand kümmern, es wäre praktisch so, als wären wir Waisen.

Aber Kiki sagte nichts, sie zeigte mir nicht einmal mehr den Vogel. Ich glaube, sie war längst eingeschlafen. Enttäuscht stand ich auf und packte meine Sachen in meinen kleinen Koffer. Dann zog ich mich an und ging nach unten zur Rezeption.

»Guten Abend«, sagte die Dame an der Rezeption, auf deren Namensschild »Christl« stand. Sie hatte einen komischen Schweizer Akzent, der sich so anhörte, als würde sie ständig röcheln. Christl wollte wissen, ob sie mir helfen könne, und ich sagte, ja, das könne sie, ich bräuchte dringend eine Pflegefamilie, bei der ich wohnen könne. Daraufhin räusperte sich Christl und sagte, ich solle mal da vor dem Kamin Platz nehmen, sie werde die Hoteldirektorin rufen. Ich verstand zwar nicht, was die Hoteldirektorin mit meiner neuen Pflegefamilie zu tun hatte, aber vielleicht suchte die ja gerade ein Kind. Ich ging also ins Kaminzimmer und schaute zu, wie das Feuer flackerte. Dann fuhr ich mit der Hand durch meine Haare. Schließlich wollte ich bei meiner zukünftigen Pflegemutter einen guten Eindruck machen. Neben mir saß noch ein älteres Ehepaar. Beide trugen graue Pullis mit roten Elchen drauf. Die Frau hatte weiße Haare und blaue Augen und sah aus wie Frau Holle.

Nach kurzer Zeit kam eine Frau auf mich zu. Sie war etwas älter als Christl. Auf ihrem Schild stand: »Fr. Gellert. Hoteldirektion.«

»Guten Abend«, sagte ich zur Frau Gellert und machte dabei große Augen, damit sie mich besonders süß fand und mich gleich zu sich nach Hause nehmen wollte. Aber ich glaube, Frau Gellert fand mich gar nicht süß, denn sie lächelte gar nicht und wollte nur wissen, ob meine Eltern hier im Hotel seien. Ich nickte, und da wollte Frau Gellert wissen, warum ich nicht auf meinem Zimmer sei. Ich sagte, ich sei deshalb nicht auf meinem Zimmer, weil meine Eltern ein neues Baby bekämen und ich keine Lust hätte, unter diesen Umständen weiter bei ihnen zu bleiben. Frau Gellert wollte gerade etwas sagen, da meldete sich die weißhaarige Frau mit den blauen Augen, die aussah wie Frau Holle, neben mir und sagte, sie wisse, wie das sei, ihre Eltern hätten sie damals auch nicht gefragt, als sie ihren Bruder in die Welt gesetzt hätten. »Wirklich?«, fragte ich und war sehr glücklich, endlich jemanden gefunden zu haben, der mich verstand.

»Aber ja doch«, sagte Frau Holle und erzählte, dass seit der Geburt immer nur das Baby im Mittelpunkt gestanden habe und sie nur die Böse gewesen sei, die alles falsch machte; überhaupt sei ihre ganze Kindheit ab da die einzige Hölle gewesen. Der Mann von Frau Holle sagte zu Frau Holle, sie solle das Kind nicht so verschrecken, aber Frau Holle sagte, auch Kinder hätten die

Wahrheit verdient, woraufhin der Mann von Frau Holle seufzte und Frau Gellert meinte, sie werde jetzt meine Eltern holen. Ich schmollte, weil ich gedacht hatte, dass sie mir dabei helfen wollte, eine Pflegefamilie zu suchen. Also erzählte ich Frau Gellert von meiner Idee, auf eine Hütte zu ziehen, und ob sie einen Almöhi kenne, der mich adoptieren könne. Frau Holle sagte mit Tränen in den Augen, dass sie damals auch habe weglaufen wollen. Der Mann von Frau Holle sagte streng »Clarissa!«, aber Frau Holle schien ihn gar nicht gehört zu haben. Sie fragte mich, warum ich ausgerechnet einen Almöhi suchen würde, und ich sagte ihr, dass ich das Ziegenhüten lernen wolle, so wie Heidi. Frau Holle schlug die Hände über den Kopf zusammen und sagte irgendetwas von einem armen Kind, aber Frau Gellert schien sauer, sie meinte, hier in St. Moritz gebe es sowieso keine Almöhis, und beheizt seien die Hütten in den Bergen auch nicht. Herr Holle meinte zu Frau Holle, sie solle bitte jetzt mit dieser Übertragung aufhören. Frau Holle sagte, sie übertrage gar nichts, und Frau Gellert sagte, sie hole jetzt meine Eltern. Daraufhin stampfte ich mit dem Fuß auf und sagte, wenn dem so sei, würde ich das Hotel nie irgendjemandem weiterempfehlen. Aber Frau Gellert ließ sich nicht beirren und ging weg. Frau Holle setzte sich jetzt neben mich und schlug vor, ich könne bei ihr leben. Sie und ihr Mann hätten nie Kinder gehabt. Daraufhin wollte ich wissen, ob sie in einer Hütte lebte. Sie sagte Nein, sie lebe in einer Wohnung in Zürich, aber sie könnten ja in die Berge ziehen, um mich großzuziehen.

Der Mann von Frau Holle hob die Augenbrauen, aber Frau Holle sagte, er solle das mit den Augenbrauen lassen, es sei ihre menschliche Pflicht, einem armen, verlassenen Mädchen Hilfe zu gewähren. Der Mann von Frau Holle aber meinte, dass ich weder arm noch verlassen sei, sondern nur sauer, weil ich ein Geschwisterchen bekäme, und dass das eine völlig normale Reaktion sei, die er aus seiner Praxis als Psychoanalytiker schon tausendmal erlebt habe. Plötzlich hörte ich hinter mir eine Stimme, die sagte: »Was ist denn hier los?« Die Stimme gehörte Mama. Sie hatte ihren Mantel einfach über ihren Pyjama angezogen, was ziemlich doof aussah, wie ich fand. Papa stand neben ihr. Frau Holle schrie Mama an, ob sie denn nicht wisse, was sie ihrer Tochter da antue, und Mama sah Frau Holle an und sagte: »Wie bitte?« Aber der Mann von Frau Holle sagte zu Mama, sie solle nicht auf Frau Holle hören, sie habe in dieser Hinsicht eine kleine Neurose. Und dann sagte er, sein Name sei Dr. Brandstein und dass er Psychoanalytiker sei. Papa sagte: »Angenehm. Wagner«, und Mama fragte, was, zum Teufel, denn los sei, ich solle jetzt auf mein Zimmer gehen. Ich fand aber, dass ich überhaupt nicht auf mein Zimmer gehen sollte. Mama aber meinte, das Ganze sei lächerlich, woraufhin Frau Holle meinte, Wunden der Seele seien nie lächerlich, sondern eine ernste Angelegenheit. Da meinte der Mann von Frau Holle, da habe seine Frau ausnahmsweise recht, er als Psychoanalytiker könne das nur bestätigen. Und dann sagte er noch irgendetwas darüber, dass Menschen einander wehtaten, und dass das die Tragödie des Lebens sei oder so ähnlich, woraufhin Frau Holle ihren Mann ansah und sagte, das habe er jetzt aber schön gesagt, woraufhin der Mann von Frau Holle lächelte. Mama meinte, das sei ja alles sehr interessant, aber sie müssten jetzt alle ins Bett gehen. Ich aber schüttelte den Kopf und sagte, ich würde nirgendwohin gehen. Außer in die Hütte mit Frau Holle. Mama wollte wissen, wer Frau Holle sei, und der Mann von Frau Holle fragte Mama, ob sie nicht vielleicht ein kleines Autoritätsproblem habe und von mir nicht als Mutter, sondern eher als ältere Schwester wahrgenommen werde. Mama sagte »Wie bitte?«, und der Mann von Frau Holle antwortete, in unserer Zeit komme es häufig vor, dass Eltern ein Autoritätsproblem hätten, und als Folge würden die Kinder nicht als Kinder, sondern als Partner gesehen. Dann sagte er noch irgendetwas von Projektionsfläche und Bedürfnisbefriedigung, nur habe ich das nicht so gut verstanden. Aber Mama wurde jetzt richtig sauer und sagte, das sei ja der reinste Affenzirkus. Der Mann von Frau Holle schien irgendwie beleidigt und meinte, er sei aber Experte für Projektionen und Mama solle nicht so tun, als wäre sie frei davon, schließlich würden alle Menschen immer irgendetwas auf andere projizieren, woraufhin Mama sagte, sie wolle nichts projizieren, sondern nur ins Bett. Frau Holle sagte ihrem Mann, hier ginge es nicht um Projektion, sondern lediglich darum, dass ein Kind misshandelt würde, woraufhin Mama Frau Holle fragte, was sie sich denn erlauben würde, und Frau Gellert fragte, ob sie uns im Namen des Hotels den Après-Ski-Drink Special anbieten könne, aber niemand antwortete ihr.

Der Mann von Frau Holle fuhr seine Frau an, sie solle sich jetzt zusammenreißen, woraufhin Frau Holle sagte, sie denke gar nicht daran. Dann fing sie an zu weinen. Sie sagte, sie habe sich ihr ganzes Leben lang zusammengerissen, erst als sie so lange warten musste, bis er seine Frau verlässt, dann, dass er sie heiratet, und überhaupt habe sie das Zusammenreißen gründlich satt. Herr Holle tätschelte daraufhin ihre Hand und sagte irgendetwas von Aufschub und darüber, dass schon Freud gesagt habe, wenn die Menschen nicht gelernt hätten, sich zurückzuhalten, sie immer noch auf den Bäumen leben und Bananen essen würden, und dabei möge sie, also Frau Holle, doch gar keine Bananen.

Frau Holle sah zu ihrem Mann auf und sagte, das stimme, von Bananen kriege sie immer Blähungen. Und dann sah Frau Holle ihren Mann ganz lange an und schien mich irgendwie vergessen zu haben, was ich aber gar nicht so schlimm fand, weil ich mir jetzt doch nicht so sicher war, ob ich wirklich mit Frau Holle auf eine Hütte ziehen wollte. Außerdem fand ich es nicht so nett von ihr, dass sie Mama so angeschrien hatte, und so fragte ich Mama, ob ich jetzt ins Bett gehen dürfe. Mama sagte »ja«, und während Herr Holle weiter die Hand von Frau Holle tätschelte, gingen wir Richtung Aufzug.

»Puh«, sagte Mama.

»Puh«, sagte Papa.

Ich nahm Mamas Hand.

»Liebst du mich auch wirklich noch, auch wenn das Baby da ist?«

»Aber natürlich«, sagte Mama.

»Aber glaub bloß nicht, dass ich ihn süß finden werde.«

»Geht klar«, sagte Mama. »Und jetzt gute Nacht.«

Dann brachte mich Mama wieder in mein Zimmer, und ich versank in dem Bett mit seiner weißen Daunendecke wie in einem kuscheligen Schneeberg.

Die Hunnen kommen

Kurz vor unserer Abreise nach Italien gingen wir zu Oma Musi, um uns von ihr zu verabschieden. Doch Oma Musi schüttelte nur den Kopf und sagte, das gehe nicht. Ich fragte, warum, und Oma Musi sagte, weil in Italien immer die Vulkane explodieren und außerdem die Italiener unser Auto klauen werden. Vor den Autoräubern hatte ich keine Angst, aber von Vulkanlava verschluckt zu werden, fand ich irgendwie nicht so gut. Also fragte ich Mama, ob das mit den Vulkanen stimme, und Mama sagte: »Ja, prinzipiell schon«, aber dass da, wo wir hinfuhren, keine Vulkane seien. Da mischte sich Papa ein und sagte, dass man das so nicht sagen könne, weil ja der Vesuv durchaus in der Nähe sei. Ich und Kiki schrien auf, weil wir nicht von Vulkanlava verschluckt werden wollten, und Mama rollte mit den Augen und sagte: »Na, super«, aber Papa sagte: »Was denn?«, und dass man auch Kindern immer die Wahrheit sagen solle. Wir sollen uns aber beruhigen, er habe sich im Internet die neuesten wissenschaftlichen Artikel runtergeladen, im Moment seien sich alle Forscher sicher, dass kein Ausbruch drohe und dass, was die Autodiebstähle betraf, die Statistik in den letzten Jahren extrem zurückgegangen sei, aber Oma Musi sagte, dass ihr die Statistiken egal seien und wir trotzdem nicht wegfahren können. Papa fragte, warum, und Oma Musi sagte zu Papa, er solle nicht so tun, er wisse genau, warum. Papa sagte Nein, und Oma Musi sagte, na, wegen den ganzen Sachen aus Eisen natürlich, die sie zu Hause habe, zum Beispiel Nägel oder Pfannen. Papa sagte »Aha«, dass es jetzt also die Pfannen seien, und er fragte, warum wir denn wegen den Pfannen nicht fahren könnten. Oma Musi fragte, warum wir uns das nicht denken könnten, und ob er denn keine Zeitung lese? Papa sagte, er lese schon Zeitung, außer wenn Oma Musi sie ihm in der Früh mal wieder stibitzt habe, obwohl sie doch ihr eigenes Abonnement hat, aber trotzdem habe er keine Ahnung, wovon sie spreche. Oma Musi beugte sich nach vorne und flüsterte, es sei doch bekannt, dass die Hunnen nachts in deutsche Häuser einbrechen, um alles Eisen darin zu klauen, um es einzuschmelzen und es teuer nach China zu verkaufen. Papa legte den Arm um Oma Musi und sagte, dass sie da bestimmt etwas missverstanden habe. Aber Oma Musi schrie, wir hätten keine Ahnung, und wenn wir wegfahren würden, werde sie sofort die Polizei holen. Da sagte Mama, dass wir das doch alles schon besprochen hätten, Oma Musi müsse keine Angst haben wegen was auch immer, und dass während unserer Abwesenheit doch Bojana bei ihr wohnen werde, die übrigens jede Minute hier auftauchen müsse. Oma Musi wollte wissen, wer Bojana sei, und Mama erklärte, das sei die Dame, von der wir ihr doch schon erzählt hätten und die auf sie aufpassen werde. Oma Musi schrie auf und sagte, sie habe keinen Aufpasser nötig, es gehe lediglich um all die Gegenstände aus Eisen, die es im Namen aller zu schützen gelte. In diesem Moment klingelte es, und Bojana stand vor der Tür. Sie hatte einen rosafarbenen Jogginganzug an, dichtes Haar und einen großen Koffer. Außerdem fehlten in ihrem Mund ein paar Zähne. Bojana ging auf Oma Musi zu, umarmte sie und sagte in einem komischen Deutsch, dass sie sich freue, Oma Musi kennenzulernen, dass sie alte Leute liebe und für Oma Musi Pflaumenkuchen mitgebracht habe und sie nachher mit ihr spazieren gehen werde, weil Spaziergänge für alte Leute wichtig seien. Oma Musi drückte Bojana von sich weg und sagte, sie würde sich erstens ihren Pflaumenkuchen selbst backen, zweitens nur allein spazieren gehen, und drittens verbitte sie sich die Bezeichnung »alt«. Immerhin habe sie vor Kurzem noch professionell Fußball gespielt. Ich sah Papa an und fragte, ob das stimme, aber Papa sagte nur »Psst«, aber Bojana sagte, dass Oma Musi langsam sprechen solle, weil ihr Deutsch nicht so gut sei, woraufhin Oma Musi wissen wollte, warum Bojana nicht Deutsch sprechen könne. Papa sagte, Bojana sei nun mal aus Kroatien, und Oma Musi hob die Arme und sagte zu Papa, warum er nicht gleich eine Hunnin geholt habe. Papa schaute verlegen zu Bojana und sagte dann zu Oma Musi, die Hunnen seien ein Reitervolk aus Zentralasien gewesen, das es heute gar nicht mehr gebe. Aber Oma Musi meinte, Papa habe ja keine Ahnung, er solle mal mehr Zeitung lesen, da stehe alles drin. Daraufhin sagte Papa, er lese sehr wohl Zeitung, zumindest wenn Oma Musi sie ihm nicht immer in der Früh aus dem Briefkasten klauen würde, aber dass das mit den Hunnen, mit Verlaub, Quatsch sei. Ich fragte, was »mit Verlaub« hieß. Doch Papa antwortete nicht, weil Kiki plötzlich mit einem Karton hereinkam, in dem vier kleine weiße Kätzchen lagen. Oma Musi wollte wissen, was das sollte, und Bojana sagte, das seien Trixi, Minzi, Mascha und Mona, die die ganze Zeit im Zug sehr brav gewesen seien. Papa sah Mama fragend an, Mama machte große Augen und flüsterte, sie wisse auch nicht, was das solle, und dass das so nicht abgemacht sei. Oma Musi sagte, man wolle sie wohl mit den

Katzen umbringen, jeder wisse doch, dass sie gegen Katzenhaare allergisch sei und die Katzen ihr nicht ins Haus kämen. Papa sagte, das sei Quatsch, sie hätten früher schließlich auch Katzen gehabt, und da sei alles in Ordnung gewesen. Doch Oma Musi bestand darauf, allergisch zu sein, und fing an, komisch zu atmen und sich an die Brust zu fassen und zu sagen, Bojana müsse wieder zu den Hunnen zurück. Papa sagte, dass wir jetzt losmüssten, weil wir sonst die Fähre verpassen würden, und Oma Musi sagte, es sei eine Schande, dass der eigene Sohn sie derart schlecht behandle, sie hole jetzt die Polizei. Bojana tätschelte Papas Arm und sagte in ihrem komischen Deutsch, alte Leute würden oft Sachen sagen, die sie nicht meinten, dass sie aber alte Leute liebe, und Oma Musi schrie, dass sie, zum Kuckuck noch mal, nicht alt sei und sich das nicht bieten lassen werde.

Papa flüsterte Mama ganz leise zu, dass wir dann eben hierbleiben mussten. Mama aber flüsterte zurück, dass das nicht in die Tüte komme, sie hätten schon die letzten Skiferien wegen Oma Musi abgesagt, es sei doch völlig klar, dass sie uns nur manipulieren wolle, woraufhin Papa zu Mama sagte, Oma Musi sei nun mal seine Mutter, und sie solle etwas Rücksicht nehmen, auch wenn sie sie nicht mochte. Mama sagte, sie würde

Oma Musi durchaus mögen, allerdings mache sie es einem nicht immer ganz leicht dabei, und ob Papa sich nur mal an das Kaffeekränzchen vor der Hochzeit erinnern könne, zu dem Oma Musi vier Ex-Freundinnen von ihm eingeladen habe, damit Papa es sich noch mal anders überlegt. Ich wollte wissen, was eine Ex-Freundin sei, aber weder Papa noch Mama antworteten mir, sondern schauten sich gegenseitig böse an. Kiki, die es nicht mag, wenn man sich streitet, versuchte einen Handstand zwischen Papa und Mama zu machen, aber irgendwie war sie an diesem Tag nicht wirklich in Form und fiel ständig um und haute dabei Mama mit ihrem Fuß auf den Bauch, woraufhin Mama aufschrie und Papa ihr sagte, sie solle nicht so hysterisch sein. Mama schrie nun erst recht und sagte: »Wer ist hier hysterisch?«, und Bojana sagte zu Oma Musi: »Aber, aber«, und dass sie doch wisse, dass sie nicht alt sei, schließlich habe sie ja vor Kurzem noch Fußball gespielt. Da lächelte Oma Musi plötzlich und fragte, ob man das Spiel damals wirklich bis zu den Hunnen übertragen habe. Bojana sagte: »Ja natürlich«, und fragte, wo sie ihre Koffer abstellen könne. Oma Musi sagte, Bojana solle ihr folgen, und dann gingen Oma Musi und Bojana in den ersten Stock. Dann wurde es plötzlich still. Bis auf Trixi, Minzi, Mascha und Mona, die immer noch im Karton lagen und schrien. Dann sagte Papa, dass er immer nur Mama geliebt habe und die Ex-Freundinnen vom Kaffeekränzchen nie eine Chance gehabt hätten, auch wenn Oma Musi sie nackt eingeladen hätte, woraufhin Kiki und ich zu kichern begannen, weil wir uns vorstellten, wie Oma Musi und Mama und Papa mit vier nackten Frauen am Tisch saßen und Kaffee tranken. Und dann kam Bojana und sagte, wir sollen in den Garten kommen, um uns von Oma Musi zu verabschieden, sie habe Kaffee gemacht, und sie würden jetzt Pflaumenkuchen essen. Als wir hinausgingen, saß Oma Musi auf einem Stuhl. Sie hatte ein kleines weißes Kätzchen auf dem Schoß und aß ein großes Stück Pflaumenkuchen. Sie wollte wissen, warum wir noch nicht weggefahren seien, sie dachte, dass wir doch diese Fähre erwischen müssten. Da stieß Papa Mama in die Rippen und flüsterte, dass wir jetzt alle ganz schnell gehen sollten, bevor sie es sich anders überlegte. Bojana tätschelte noch einmal Papas Arm und sagte, wir sollten uns keine Sorgen machen, Oma Musi sei eine wunderbare Frau. Und so sagten wir Oma Musi alle noch auf Wiedersehen und gingen ganz schnell ins Auto, aber nicht bevor wir Oma Musi versprochen hatten, mit ihr Fußball zu spielen, wenn wir wieder nach Hause kamen.

Der Sommerurlaub

Dieses Jahr wollte Papa nach Italien.

»Buon giorno, come stai?«, sagte er schon Wochen im Voraus. Er wollte, dass Kiki und ich ein bisschen Italienisch lernen.

»Damit ihr mit den Kindern am Strand schön spielen könnt!«, sagte er.

»Ich will nicht mit den Kindern am Strand spielen«, sagte ich.

»Aber natürlich willst du das!«, sagte Papa.

»Und nach Italien will ich auch nicht!«, sagte ich. »Ich will in die Bretagne, genauso wie letztes Jahr.«

»Warum willst du denn nicht nach Italien?«, fragte Mama.

»Weil es da zu heiß ist. Ich mag es nicht, wenn es zu heiß ist! Und Kiki mag es auch nicht«, sagte ich. »Nicht wahr, Kiki?«

Kiki nickte.

»Wie auch immer. Gebucht ist der Urlaub schon, also habt ihr gar keine andere Wahl«, sagte Papa.

Ich sah meine Eltern böse an.

»Komm«, sagte ich zu Kiki. »Wir gehen.« Dann verzogen wir uns auf unser Zimmer.

Das Thema »Italien« wurde von mir nicht mehr angesprochen. Leider änderte dies nichts daran, dass wir zwei Monate später im Auto saßen und Richtung Süden fuhren.

»Buon giorno, come stai?«, sagte Papa wieder.

Ich tat so, als hätte ich es nicht gehört.

»Vuoi giocare con me?«, sagte Papa, der wollte, dass wir ein bisschen Italienisch lernten, um mit den Kindern am Strand zu spielen.

»Wohin fahren wir eigentlich?«, fragte ich.

»Ach, Leonie, das weißt du doch! In einen kleinen Ort auf Sizilien, der heißt Maremma! Also: Come ti chiami? Mi chiamo Leonie!«

Ich sah aus dem Fenster.

»Ich fahre nicht nach Italien«, sagte ich, »ich fahre in die Bretagne. Dort gibt es Crêpes, und ich spreche Französisch.«

Mama sah Papa besorgt an.

»Parlez-vous français?«, sagte ich zu Kiki. »Je m'appelle Leonie et je voudrais jouer avec toi.«

»Was soll das?«, fragte Mama.

»Ich bringe Kiki Französisch bei. Damit sie mit den Kindern am Strand spielen kann.«

»Wir fahren nicht in die Bretagne«, sagte Mama.

»Ich schon«, sagte ich.

Nach ein paar Stunden Fahrt überquerten wir die Grenze zu Italien. An der nächstbesten Tankstelle hielten wir an. Die Menschen schrien dort alle durcheinander, und überall gab es bunte blinkende Plastikdinger zu kaufen.

»Ist das nicht herrlich«, sagte Papa. »Endlich wieder ein guter Cappuccino, und das schon im Trentino, gleich nach der Grenze.«

Mama nickte.

»Ja, der Cappuccino ist wirklich wunderbar«, sagte sie.

Kiki hatte sich eine überdimensionale Hello-Kitty-Puppe geschnappt, die laut »Ciao bella« rief. Kiki strahlte und lief damit Richtung Kasse.

»O nein«, sagte Mama.

Ich sah Papa vorwurfsvoll an.

»Frankreich ist schön und gut«, sagte Papa, »aber Italien ist die ältere und bedeutendere Kulturnation. Marc Aurel war hier Kaiser und Philosoph. Auch Ovid, der hat wunderschöne Gedichte geschrieben, als in Deutschland und Frankreich noch alles wild und unzivilisiert …«

Papa hörte auf zu sprechen. Aus der Richtung der Kasse kam lautes Weinen.

»Das ist Kiki«, sagte Mama und verschwand Richtung Kasse.

»Wer ist Marc Aurel?«, fragte ich Papa.

»Ein Kaiser. Außerdem war er aber auch Philosoph. Er meinte, dass man die Dinge, die man nicht ändern kann, akzeptieren soll.«

»Aha«, sagte ich. »Und wohnt der auch in Maremma?«

»Nein«, sagte Papa. »Marc Aurel ist seit 2000 Jahren tot.«

»Und Ovid?«

»Auch.«

Ich seufzte.

Aus der Richtung der Kasse hörten wir Kiki weiterschreien.

Kurz darauf kamen Mama und Kiki mit der überdimensionalen Hello-Kitty-Puppe im Arm zurück.

»Ciao bella«, sagte die Puppe.

Kiki strahlte. Mama hingegen sah nicht sehr glücklich aus.

»Ich habe im Atlas nachgeschaut«, sagte ich. »Die Bretagne ist von hier aus nur 1500 Kilometer weit weg.«

Papa tat so, als hätte er mich einfach nicht gehört.

Damit die Fahrt im Auto nicht so lange dauerte, stiegen wir in Genua auf ein Schiff, das uns nachts bis nach Sizilien brachte. In Catania gingen wir wieder an Land, und ein paar Stunden später kamen wir in Maremma, einer ganz kleinen Stadt am Meer, an.

Das Haus, das wir gemietet hatten, hatte kleine Zimmer mit Holzbalken, an denen Papa sich immer den Kopf anhaute. Außerdem war die Klimaanlage kaputt, und im Haus war es noch heißer als draußen. Dafür brachte uns der Vermieter Signore Coglione zur Begrüßung einen Teller mit frischen Feigen mit.

»L'aera condizionata sara adiustata domani«, sagte er.

Aber am nächsten Tag war die Klimaanlage immer noch kaputt. Dafür kam Signor Coglione wieder mit frischen Feigen.

»Sono dall' mio giardino«, sagte er.

Mama verzog das Gesicht und sagte Papa, er solle Signor Coglione sagen, wir wollten keine Feigen, sondern ein Haus unter 40 Grad, so sei das nicht zu ertragen.

Papa meinte, das könne man nicht so brutal sagen, hier sei man schließlich in Sizilien, da müsse man mit Fingerspitzengefühl agieren, die Menschen hier würden es nicht schätzen, wenn man so mit der Tür ins Haus falle, und er begann, mit Signor Coglione über das Wetter und die Politik der Regierung in Rom zu reden.

Nach einer Viertelstunde aber mischte sich Mama ein und deutete auf die Klimaanlage. Dann fasste sie sich an die Stirn, fächerte sich Wind zu und ließ die Zunge weit raushängen, um ihm zu verstehen zu geben, dass es ihr zu heiß war.

Kiki und ich brachen in Gelächter aus. Nur Signor Coglione lachte nicht, er schien irgendwie ein bisschen beleidigt zu sein und sagte, dass er jetzt gehe, er werde sich morgen um die Klimaanlage kümmern.

Aber am nächsten Tag war die Klimaanlage immer noch nicht repariert. Nur die Feigen gab es nicht mehr.

»Du hast ihn verärgert«, sagte Papa beim Frühstück.

»Wie bitte?«, sagte Mama. »Heißt das, dass ich jetzt schuld bin?«

Kiki kam mit ihrer Hello-Kitty-Puppe herein und setzte sich an den Tisch.

»Ciao bella«, sagte die Puppe.

»Wir könnten nachts draußen auf der Veranda schlafen«, meinte Papa, »das wäre doch wirklich romantisch.«

»Wenn mich ein Gecko in den Zeh beißt, ist das nicht romantisch«, sagte ich.

»Geckos beißen kleine Mädchen nicht in den Zeh«, sagte Papa.

»Und außerdem will ich ungesüßten Naturjogurt«, sagte ich. »So wie in Deutschland.«

»Es gibt in Italien keinen ungesüßten Naturjogurt«, sagte Mama. »Wir haben doch schon im Supermarkt geschaut. In Italien gibt es nur Jogurts mit 140 Gramm Zucker pro Kilo.«

»Die Italiener lieben es eben süß«, sagte Papa. »Dafür haben sie Botticelli und Leonardo da Vinci.«

Am Nachmittag gingen wir an den Strand. Das Meer schimmerte türkisfarben, und Papa meinte, es sehe doch aus wie in den Tropen. Dann meinte er, wir sollen möglichst weit weg von diesem Strandhäuschen gehen, weil da so viele Leute seien.

Also trugen wir unsere Strandtücher zu einer Ecke des Strandes, an der niemand lag. Es war ganz schön heiß, und wir fingen ganz schön zu schwitzen an, aber Papa lächelte und sagte irgendetwas von goldenen Dünen und dass man sich hier vorkomme wie in einer Wüste.

Doch bald darauf tauchte ein Mann auf, der uns sagte, dass wir nicht einfach Handtücher hinlegen dürften und wir zurück zu den anderen gehen müssten und dort die gelb-weiß gestreiften Sonnenschirme und die blauen Plastikliegen mieten müssten.

»Ich will mich aber nicht auf eine Liege legen«, sagte ich.

»Das habe ich vergessen«, sagte Papa. »So funktioniert das in Italien nun mal.«

»Ich will aber nicht auf einer Liege liegen«, sagte ich. »Ich will auf dem Sand liegen und mir einen kleinen Sandhügel für meinen Kopf machen.«

»Stell dich nicht so an«, meinte Mama, »außerdem ist ein Sonnenschirm genau das Richtige für uns.«

»Ich will aber nicht unter einen Sonnenschirm«, erwiderte ich.

»Dann leg dich von mir aus neben den Schirm und neben die Liege.«

»Ich will mich aber nicht neben eine Liege legen und zu euch hochschauen. Ich will, dass wir alle auf dem Sand liegen.«

»Jetzt probier es doch einfach mal aus. Du wirst sehen, Liegen haben auch Vorteile«, sagte Papa. »Zum Beispiel pappt dann der Sand nicht auf der Haut, wenn man aus dem Wasser kommt.«

Wir gingen zurück in Richtung Strandhaus, wo ganz viele Menschen unter hässlichen gelb-weiß gestreiften Schirmen lagen. Es roch nach Kokosöl, und aus dem Radio dröhnte laute italienische Musik. Papa gab dem Mann Geld für die Schirme und Plastikliegen und brachte uns zu unserem Platz.

Mama, Papa und Kiki legten sich brav auf die Liegen. Ich blieb stehen.

»In der Bretagne muss man nie so blöde Liegen mieten«, sagte ich.

»Warum gehst du nicht ins Wasser? Das Wasser ist herrlich«, sagte Papa.

»Ins Wasser gehe ich erst recht nicht«, sagte ich.

»Warum denn nicht?«, fragte Mama.

»Weil ich mir meine Sohlen auf dem Sand nicht verbrennen will.«

»Ich könnte dich hintragen«, sagte Papa.

»Du willst mich wie ein Baby ins Wasser tragen?«

Kiki kicherte.

»Jetzt reicht's mir aber. Du kommst jetzt ins Wasser, offenbar hast du schon einen Sonnenstich, keine Widerrede«, sagte Papa und zerrte mich Richtung Strand.

»Eltern dürfen ihren Kindern die Fußsohlen nicht verbrennen! Das ist Verletzung der Vorsorgepflicht!«, schrie ich.

»Fürsorgepflicht heißt das«, sagte Mama und sah einfach tatenlos zu, wie Papa mich hochhob und wie ein Baby zum Wasser trug.

»Ihr seid so gemein«, sagte ich zu Papa.

Der sagte nichts, sondern warf mich ins Wasser.

Kiki kam hinterher und kreischte »Jipppie!«

Wütend tauchte ich auf.

In dem Moment passierte es. Der größte Schmerz, den ich je verspürt habe, fuhr in meinen Oberschenkel. Dann sah ich sie: Eine große, durchsichtige Qualle schwamm an mir vorbei auf Kiki zu.

»Vorsicht, Kiki, Qualle!«, schrie ich.

Jetzt schrien auch die anderen. Kiki und ich hasteten aus dem Wasser. Auf meinem Oberschenkel war ein riesiger roter Fleck zu sehen.

»Mama! Papa«, schrie ich. Wie auf Kommando strömten lauter italienische Mamas und Papas auf mich zu.

»Poverina«, sagte eine Frau. »Una medusa l'ha morso.«

»Una medusa?«, fragte eine andere Frau, die neben ihr stand.

»Si, l'ho visto«, sagte ein Mann neben ihr. Die eine Frau tätschelte mir meinen Arm. Dann kam eine andere und tätschelte mir den anderen Arm. Dann kam noch eine und tätschelte meinen Kopf.

»Lassen Sie mich in Ruhe!«, sagte ich. Ich mag es nicht, wenn fremde Menschen mir den Kopf tätscheln.

Endlich kam Mama.

»Ich wurde gebissen«, jammerte ich, »von einer Qualle!«

Die italienischen Mamas und Papas begannen auf Mama einzureden. Dann kam Papa.

»Was sagen sie?«, fragte Mama, die kein Italienisch kann.

»Sie haben gesagt, dass Leonie von einer Qualle gebissen worden sei, sie eine Salbe brauche, die Apotheke aber jetzt geschlossen sei«, sagte Papa.

»Super«, sagte Mama. »Und was machen wir jetzt?«

Papa sagte etwas zu den italienischen Mamas und Papas, und die sagten etwas zu Papa.

»Sie sagen, dass es ein anderes Mittel gibt, das genauso gut hilft«, sagte Papa.

»Und das wäre?«, fragte Mama.

»Urin«, sagte Papa.

»Wie ›Urin‹?«

»Pipi eben.«

Kiki kicherte.

»Pipi? Und woher sollen wir das herkriegen?«, fragte Mama.

»Na ja«, sagte Papa. »Du müsstest halt… also…«

Jetzt kam eine Frau und gab Mama einen kleinen Plastikbecher. Die Frau nickte auffordernd.

Mama machte große Augen.

»Und wo gibt es hier eine Toilette?«

»Jetzt stell dich nicht so an, der Urin muss schnell drauf. Geh halt hinter irgendeinen Baum!«

»Siehst du hier irgendeinen Baum?«, fragte Mama gereizt. Papa zuckte mit den Schultern.

»Warum soll ausgerechnet ich dem gesamten Strand meinen Po zeigen?«, sagte Mama. »Du könntest doch nun genauso gut in den Becher hier…«

»Ich? Das ist unnatürlich. So etwas muss eine Mutter machen!«

»Seit wann ist mein Urin natürlicher als deiner?«

Ich begann laut zu wimmern. Es tat wirklich höllisch weh, und ich fand, dass sich meine Eltern ziemlich blöd anstellten.

»Was ist mit Kiki?«, sagte Mama. »Sie könnte doch einfach auf Leonies Oberschenkel…«

Kiki schüttelte den Kopf und zeigte uns den Vogel.

Ich sah Mama an und bettelte: »Bitte, bitte, Mama!«

Die italienischen Mamas und Papas sahen erwartungsvoll zu Mama. Sie biss die Zähne zusammen und griff nach dem Plastikbecher.

»Aber du musst die Leute ablenken!«, sagte sie zu Papa.

»Wie meinst du das?«

»Na ja, ablenken eben. Was weiß ich. Sing ihnen was vor, mach einen Striptease!«

»Was ist ein Striptease?«, fragte ich.

»Das ist, wenn jemand sich auszieht«, sagte Mama im Weggehen. Die Menschen am Strand sahen ihr nach, als sie mit dem Plastikbecher davonlief.

»Ablenken!«, rief sie Papa nochmals zu.

»Ich zieh mich nicht aus!«, sagte Papa.

»Was machst du dann?«, fragte ich.

Papa sah hilfesuchend zu Kiki. Die verstand und begann Kampflaute von sich zu geben und den Skorpion – das ist so eine Übung aus ihrem Kung-Fu-Training – auf dem Strand zu machen. Es wirkte. Die Menschen am Strand schauten nun zu ihr, manche klatschten. Ich sah, wie Mama weiter oben in der Nähe der Straße ihre Hose runterließ und in den Becher pinkelte. Zu dumm, dass gerade in dem Moment dieser Reisebus kam, der genau hinter ihr anhielt. Mama sah nicht sehr glücklich aus.

Nach kurzer Zeit kam sie wieder. Sie war ein bisschen rot im Gesicht und hielt den Plastikbecher in der Hand. Die italienischen Mamas und Papas applaudierten.

»So!«, sagte Mama und wollte mir die gelbe Flüssigkeit auf meinen Oberschenkel gießen.

»Nein!«, schrie ich. »Das ist igitt!«

»Jetzt stell dich nicht so an!«, sagte Mama.

»Nein!«, schrie ich wieder.

»Ich habe gerade dem gesamten Strand sowie einer Reisegesellschaft aus Belgien meinen Hintern gezeigt, damit ich dir das da übergießen kann, und das werde ich verdammt noch mal jetzt tun!«, sagte Mama. Sie sah nicht so aus, als wäre sie zu Späßen aufgelegt.

Ich biss mir auf die Lippen und schaute Richtung Meer und spürte, wie die Flüssigkeit über meinen Oberschenkel rann. Das wirkte sofort, es schmerzte schon viel weniger. Aber eklig fand ich es doch.

»Bäh!«, sagte ich. Die italienischen Mamas und Papas applaudierten wieder. Jetzt musste ich lächeln. Dann verbeugte ich mich wie auf der Bühne.

»Kannst du ihnen nicht sagen, dass sie wieder gehen sollen?«, sagte Mama zu Papa. Sie klang ein wenig gereizt.

Der schüttelte den Kopf. »Das würde sie beleidigen. Schließlich nehmen sie Anteil an unserem Schicksal. Wir können sie nicht einfach so verjagen.«

»Das ist keine Anteilnahme. Das ist Voyeurismus«, sagte Mama.

»Also ich finde sie nett«, sagte ich. »Wenn die italienischen Mamas und Papas uns das mit dem Pipi nicht gesagt hätten, dann hätten wir gar nicht gewusst, was wir machen sollen.«

Mama warf mir einen bösen Blick zu.

Ich stand auf. Der Quallenbiss war kaum mehr zu spüren, und die italienischen Mamas boten mir Schokokekse in Sternenform an. Die Kekse waren ziemlich süß und sehr lecker. Die, die ich nicht aufessen konnte, gab ich Kiki. Sie liebt alles, was aus Schokolade ist.

Dann ging ich ins Wasser. Die Kinder von den italienischen Mamas und Papas kamen mir hinterher. Ich glaube, sie waren ziemlich beeindruckt, dass ich den Mut hatte, wieder ins Wasser zu gehen.

»Es ist schon o. k.«, sagte ich. »So schlimm war es gar nicht. Vuoi giocare con me? Mi chaimo Leonie!«

Die Kinder strahlten mich an, offenbar hielten sie mich jetzt für eine Heldin. Dann spielten wir im Meer Wasserball. Kiki und ich hatten eine Menge Spaß. Nur Mama schaute noch etwas mürrisch.

Da Signor Coglione weder an diesem Tag noch an einem der nächsten Tage die Klimaanlage repariert hatte, schliefen wir für den Rest der Ferien – wie Papa vorgeschlagen hatte – draußen auf der Veranda. Kiki und ich zählten vor dem Einschlafen immer die Geckos. Sie hatten kleine Saugnäpfe an den Füßen, mit denen sie sich an der Wand festhalten konnten, sodass sie manchmal kopfüber standen. Das war wirklich lustig. Und in die Zehen haben sie uns auch nie gebissen. Jeden Tag gingen wir zum Strand, spielten mit den Kindern und ließen uns von den italienischen Mamas und Papas die Schokokekse in Sternenform füttern.

Nach drei Wochen wollten Papa und Mama wieder nach Hause fahren.

»Ich will nicht nach Hause«, sagte ich.

»Wir müssen aber«, sagte Papa.

»Ich bleibe bei den italienischen Mamas und Papas«, sagte ich. »Dann kann ich immer am Strand spielen und Schokoladenkekse essen.«

Papa tat so, als hätte er mich nicht gehört.

»Die Fähre wartet nicht!«, sagte er.

Kiki zwinkerte mir zu und zeigte auf eine Tüte im Auto. Darin lag ein riesiger Vorrat an Schokokeksen in Sternenform. Sie musste die letzten Wochen unermüdlich daran gearbeitet haben, sie zu bunkern.

»In Ordnung«, sagte ich und stieg ins Auto. »Aber nur wenn wir nächstes Jahr wiederkommen.«

»Nächstes Jahr fahren wir wieder in die Bretagne«, sagte Mama.

»Ich fahre nächstes Jahr nicht nach Frankreich«, sagte ich. »Ich fahre nach Italien. Voglio andare in Italia. In Italien gibt es lustige Geckos, und das Meer ist warm.«

Mama holte Luft, dann atmete sie langsam aus.

»Gib mir einen Keks«, sagte sie zu Kiki. Sie sah ein bisschen müde aus. In ihrem Arm lag die große Hello-Kitty-Puppe.

»Ciao bella«, sagte die Puppe.

Der Tag, an dem Mama die Krise kriegte

Und dann waren die Osterferien da, und wir bekamen Besuch von Maminou. Maminou ist meine Oma aus Frankreich. Wenn sie kommt, bringt sie immer ganz viel Schokolade mit. Mama sagt dann zwar immer zu ihr, sie solle das doch bitte lassen, die Überzuckerung der Gesellschaft sei ein ernsthaftes Gesundheitsproblem, aber Maminou sagt dann immer, das sei Unsinn, und Schokolade gehöre zum Leben, und außerdem würden Menschen, die nur gesund leben wollen, so wie diese Vegetarier oder wie auch immer die hießen, stets so aussehen, als würden sie gleich umkippen. Ich mag an Maminou, dass es mit ihr nie langweilig wird. Erstens weil sie immer so lustige Sachen sagt, und zweitens, weil ihr immer irgendwelche Abenteuer passieren. So wie damals, als wir sie in Paris besuchten und nach unserer Shoppingtour auf der Polizeistation landeten, weil Maminous Handtasche auf einmal weg war und sie eine Anzeige aufgeben wollte, dann aber selber fast ins Gefängnis gekommen wäre, weil sie dem Polizeipräfekten gesagt hatte, er sei unfähig und habe keine Eier, was Kiki und ich ziemlich lustig fanden, weil ein Polizeipräfekt ja kein Huhn und es doch klar ist, dass er keine Eier hat. Aber der Polizeipräfekt fand es irgendwie gar nicht lustig und wollte Maminou einsperren. Dann musste Papinou kommen und dem Polizeipräfekten Geld geben, und Maminou durfte wieder nach Hause. Mama sagte, das sei mal wieder typisch für Maminou, und war irgendwie sauer auf sie. Mama ist oft sauer auf Maminou. Ich glaube, das ist aber nicht wegen der Handtaschen und so, sondern vor allem wegen früher. Als nämlich die Mama den Papa heiraten wollte, riet Maminou ihr, doch lieber den Jacques zu nehmen. Jacques wohnt erstens in Paris und ist außerdem der Sohn ihrer besten Freundin Mireille. Aber ich glaube, unterdessen hat Maminou eingesehen, dass Papa doch der Richtige ist, vor allem, weil ja sonst Kiki und ich gar nicht da wären, und wir sind doch die *chouchous* von Maminou; so nennt sie uns nämlich immer.

Maminou kam diesmal mit dem Zug. Mama meinte, Maminou wolle nur deshalb Zug fahren, weil sie da noch länger Leute verrückt machen könne als im Flugzeug. Als sie schließlich ankam, waren wir sehr froh und hüpften um sie herum. Maminou mag nämlich, wenn wir herumhüpfen und laut sind. Sie und Papinou sind auch immer ganz schön laut, vor allem wenn sie ihre lustigen Geschichten erzählen. Auch diesmal hatte sie eine lustige Geschichte von ihrer Reise zu erzählen. Diesmal ging es um einen unverschämten Amerikaner, der ihr den Platz hatte klauen wollen. Dem hatte sie dann so richtig die Meinung gesagt und heimlich einen *eclair au chocolat* unter seinen Sitz gelegt, um ihn zu ärgern. Mama sagte, das dürfe doch nicht wahr sein, aber Maminou sagte, doch, das sei wahr, der Amerikaner habe es nicht anders verdient, denn wenn es eines gibt, das Maminou nicht ausstehen kann, also außer den Vegetariern, dann sind es nämlich Amerikaner ohne Manieren. Und dann sagte sie noch, dass sie jetzt gleich losmüsse, um in der Stadt noch etwas zu besorgen. Mama fragte, was das denn sein solle. Da machte Maminou ihre Tasche auf und holte *foie gras* und *pommes de terre nouvelles* und *flagolets* heraus und sagte, dieses Jahr werde es ein französisches Osterfest geben; den *gigot d'agneau* aber habe sie nicht mitnehmen können, und den müsse sie jetzt besorgen. Mama schüttelte den Kopf und sagte, dass erstens ein *gigot d'agneau* hier etwas schwierig zu bekommen sei und zweitens sie schon alles zum Essen besorgt habe. Aber Maminou sagte, sie solle ihr Essen doch einfrieren, heutzutage könne man doch alles einfrieren; es würde ihr eine solche Freude machen, für uns zu kochen. Ich fragte, ob es beim französischen Osterfest auch Schokoladeneier gebe, und Maminou sagte, natürlich, allerdings würden die nicht von diesem komischen deutschen Hasen gebracht, sondern natürlich von den Glocken aus Rom. Kiki sah Maminou entsetzt an. Hasen sind nämlich Kikis Lieblingstiere, und sie freute sich schon seit Wochen auf den Osterhasen. Aber Maminou streichelte Kiki über den Kopf und sagte, in eine große Glocke aus Rom passe viel mehr Schokolade rein als bei einem ollen Osterhasen. Damit war Kiki, die Schokolade über alles liebt, wieder mit den Glocken versöhnt. Und dann war Maminou auch schon weg.

Mama stand im Flur und bekam diese komischen Flecken im Gesicht, die sie immer kriegt, wenn Maminou da ist. Ich glaube, Mama hatte Angst, dass Maminou wieder ihre Handtasche verliert und einen Polizeipräfekten ärgert und sie dann viel Geld zahlen muss, damit Maminou nicht im Gefängnis landet. Ich tätschelte ihr die Hand und sagte, dass schon alles gut gehen werde und sie sich keine Sorgen um Maminou machen müsse. Und Papa sagte, sie solle doch froh sein, dass sie weg sei, so würde sie wenigstens nicht die Wohnung umräumen wie beim letzten Mal. Aber irgendwie schien das Mama nicht so richtig zu beruhigen.

Als Maminou drei Stunden später immer noch nicht zurück war, begann Mama sich richtig Sorgen zu machen. Papa versuchte, Mama zu beruhigen, und sagte, er könne sich nicht vorstellen, dass irgendjemand Maminou entführen wolle, woraufhin Mama meinte, er solle mal nicht so übertreiben. Papa meinte, eine andere Möglichkeit sei, dass sie wieder etwas verloren habe und jetzt auf irgendeiner Polizeistation Polizisten beleidige. Mama sagte, das sei nicht lustig, woraufhin Papa sagte, Mama solle sich beruhigen und nicht wieder ihre hektischen Flecken bekommen. Und Mama meinte, das würde nicht hektische, sondern *nervöse* Flecken heißen. Außerdem habe sie weder *nervöse* noch hektische Flecken. Papa sagte »in Ordnung«, er müsse aber jetzt an dem Artikel wegen der Ausbeutung der Lohnarbeiter schreiben. Mama sagte »super« und dass sie jetzt wohl allein ihre Mutter in der Stadt suchen müsse. Papa fand das eine blöde Idee, er meinte, sie könne doch nicht einfach so in der Stadt herumirren; und als Mama gerade etwas antworten wollte, klingelte es an der Tür. Vor der Tür stand Maminou. Und neben ihr ein Mann mit einem Bart und einem Hut und einer roten Nase. Maminou sagte, dies sei Monsieur Mayer-Landshut, er sei so reizend gewesen, ihr beim Einkaufen zu helfen.

Monsieur Mayer-Landshut hielt Maminous Tüten in der Hand und schwitzte. Dann meinte Maminou zu Mama, sie habe Monsieur Mayer-Landshut zum Osterfest eingeladen. Mama sagte: »Wie bitte?«, aber Maminou warf ihren Kopf nach hinten und lachte und sagte zu Monsieur Mayer-Landshut, er solle sich hier wie zu Hause fühlen und seinen Mantel ausziehen. Der Mantel von Monsieur Mayer-Landshut roch irgendwie nach Oktoberfest, aber Maminou tat so, als wäre alles in Ordnung und hing ihn an der Garderobe auf. Mama machte große Augen und sagte zu Maminou, sie wolle jetzt sofort mit ihr reden, und Maminou sagte zu Monsieur Mayer-Landshut, er solle doch schon mal in die Küche gehen. Dann fragte Mama Maminou, was der Penner hier solle, und Maminou sagte, sie wolle diesem Herrn ein schönes Osterfest bereiten, an Ostern solle man schließlich Gutes tun. Mama meinte, das verwechsle sie mit Weihnachten, aber Maminou sagte, Monsieur Mayer-Landshut sei kein Penner, sondern ein gebildeter Monsieur mit viel Geschmack. Mama fragte, woher sie das denn wisse, und Maminou sagte, er habe ihr gesagt, sie sei eine elegante Frau; außerdem habe er sie auf fünfzig geschätzt, sie solle sich das mal vorstellen. Und dann ging Maminou kichernd in die Küche.

Mama setzte sich auf das Sofa und starrte irgendwie so komisch auf die Wand. Papa fragte, was sie denn habe, er fände es sehr nett von Maminou, einem Penner helfen zu wollen, so viel Humanismus habe er ihr gar nicht zugetraut. Aber Mama meinte, hätte der Mann ihr nicht gesagt, sie sehe wie fünfzig aus, dann hätte sie ihn keines Blickes gewürdigt, sie habe noch nie in ihrem Leben Pennern irgendetwas gegeben, aber seit die Mireille ihr Lifting gemacht habe, sei sie völlig besessen davon, jünger als ihre Freundin auszusehen. Aber das sei kein Grund, dass sie, also Mama, jetzt einen saufenden Penner in ihrer Wohnung zu beherbergen habe. Papa sagte, »Penner« sei ein diskriminierendes Wort, und Mama solle lieber »Mensch ohne festen Wohnsitz« sagen, woraufhin Mama fragte, ob Papa denn gerne den »alkoholsüchtigen Menschen ohne festen Wohnsitz« bei sich beherbergen wolle? Ich fragte, was »Humanismus« und »alkoholsüchtig« bedeute, aber weder Papa noch Mama antworteten mir. Papa sagte nur, dass er den Mann jedenfalls nicht rauswerfen werde. Daraufhin ging Mama in die Küche und sagte Monsieur Mayer-Landshut, dass sie sich bei ihm für die Hilfe bedanke und er nun gehen könne. Daraufhin stellte sich Maminou vor Monsieur Mayer-Landshut hin und sagte, Monsieur Mayer-Landshut sei ihr Gast, und Mama sagte, dass Maminou ihn dann eben nach Paris mitnehmen müsse, woraufhin Maminou sagte, sie habe nicht gewusst, dass sie so unwillkommen sei, und sie nehme dann eben den Nachtzug zurück nach Paris, um mit der Mireille zu feiern. Ich stellte mich vor Maminou und sagte, das komme nicht in die Tüte. Kiki fing an zu weinen, und Monsieur Mayer-Landshut fragte, ob das mit Paris ernst gemeint sei, er sei noch nie in Paris gewesen und würde sehr gerne mal dahin. Mama rollte mit den Augen und fragte Maminou, warum bei ihr alles immer so kompliziert sei und sie Ostern nicht einfach so feiern könne, wie sie – also Mama – das vorgehabt habe, also mit *ihrem* Essen und *ihrem* Osterhasen; jetzt sei sie nun mal in Deutschland und habe einen Deutschen geheiratet, und Maminou solle das endlich respektieren. Da bekam Maminou feuchte Augen und sagte, sie wolle doch nur, dass es ihrer einzigen Tochter gut gehe. Aber Mama sagte, niemandem gehe es gut, der bevormundet werde. Maminou sagte, dass das Unsinn sei und sie Mama noch nie bevormundet habe, und Mama sagte, das sei doch zum Lachen, sie solle doch nur mal an das Ballett denken. Maminou fragte, welches Ballett?, und Mama sagte, na, das Ballett, zu dem sie jahrelang habe gehen müssen, nur weil Maminou Ballett so toll fand; sie habe diese kratzigen Tutus gehasst. Maminou sagte, dass das Unsinn sei, die seien gar nicht kratzig gewesen, sondern hübsch, und sie habe jedes einzelne aufgehoben. Doch Mama sagte, wenn sie die Tutus irgendwo sehen würde, würde sie sie eigenhändig verbrennen. Da sagte Maminou, Mama sei verrückt geworden, aber Mama sagte, sie sei jetzt 41 Jahre alt, es reiche ihr jetzt; deshalb werde es weder Penner noch römische Glocken noch *foie gras gigot d'agneau pommes de terres nouvelles* oder *flagolets* geben, der Penner solle jetzt sofort ihre Wohnung verlassen, sonst kriege sie die Krise! Dann holte Mama tief Luft und keuchte, als wäre sie fünf Stunden lang oder sogar noch länger gejoggt. Maminou sah Mama entgeistert an und sagte gar nichts mehr. Papa sagte »Oha«, und Kiki drehte sich zur Wand um und machte einen Handstand.

In diesem Moment fiel mir auf, dass Monsieur Mayer-Landshut gar nicht mehr da war. Eine Minute später schrie Maminou auf: Ihre Handtasche war auch verschwunden. Papa meinte, die sei wahrscheinlich mit Monsieur Mayer-Landshut unterwegs, der sich bestimmt gut um die kümmere. Ich sagte, dass dann doch alles in Ordnung sei. Aber Mama sagte, Papa habe das ironisch gemeint, Monsieur Mayer-Landshut habe die Tasche geklaut. Dann fing Maminou an zu weinen und sagte, Monsieur Mayer-Landshut sei also ein Lügner, und sie fragte uns, ob wir glaubten, dass das mit den fünfzig auch gelogen war? Mama sagte gar nichts, und Papa sagte, dass er morgen mit ihr zur Polizeistation gehen werde. Mama sah Papa an, und Papa sagte, dass es ja wohl besser sei, Maminou nicht allein hingehen zu lassen. Maminou sagte, dass Papa ein *brave homme* sei und dass sie das schon immer gesagt habe, und dann ging sie in Richtung Küche und murmelte irgendetwas davon, dass man sich den Appetit von so etwas nicht verderben lassen dürfe, sonst sei man genauso schlimm wie diese Amerikaner oder Vegetarier. Mama schüttelte ganz langsam den Kopf und ging dann in den Flur, wo sie versuchte, einen Handstand zu machen. Kiki war begeistert, Papa sah jedoch ein bisschen besorgt aus, aber ich tätschelte seine Hand und sagte, das sei nur die Krise von Mama, die werde sicher vorübergehen.

Zum Abendessen gab es dann die leckere *foie gras* und das *gigot d'agneau* und die *pommes de terres nouvelles* und die *flagolets* – so wie Maminou es gesagt hatte. Zum Nachtisch aßen Kiki und ich so viele Schokoladeneier, wie wir nur konnten, und obwohl uns danach die Bäuche wehtaten, fanden wir, dass die römischen Glocken super Arbeit geleistet hatten.

Ab heute gehen wir
früh ins Bett

Und irgendwann kam dann dieser Brief von Frau Mayer, das ist meine dicke Lehrerin aus der Schule, in dem stand, dass ich im Unterricht ein paarmal eingeschlafen war. Mama wollte wissen, was das bitte schön heiße, »eingeschlafen«, und ich sagte, dass nur ein paarmal mein Kopf nach vorne auf das Pult gefallen sei, aber sie solle sich keine Sorgen machen, weil ich nicht mal eine Beule bekommen habe.

Ich dachte, Mama würde mich jetzt loben und sagen, wie toll mein Kopf war oder so, aber stattdessen holte sie nur tief Luft und sagte, ab heute müsse alles anders werden. Mama sagt oft, dass ab heute alles anders werden muss, aber meist hat das nicht viel zu bedeuten. Trotzdem mag sie es nicht, wenn man dann so tut, als hätte es nichts zu bedeuten. Also versuchte ich ernst zu schauen. Ich fragte sie, was denn ab heute anders werden würde, und sie sagte, dass ich das schon sehen werde.

Ich hatte die ganze Sache schon vergessen, als Mama plötzlich beim Abendessen sagte, sie habe sich alles gut überlegt und einen Schlafplan gemacht. Papa lachte und wollte wissen, was ein Schlafplan sei. Mama sagte, da gebe es gar nichts zu lachen, es sei immer gut, einen Plan zu haben, nach dem man sich richten könne; ab jetzt habe Schlaf für die Kinder oberste Priorität. Zudem sei es wissenschaftlich erwiesen, dass Kinder im Alter von Leonie mindestens zehn Stunden Schlaf pro Tag bräuchten. Und außerdem, fügte Mama hinzu, würde es auch ihr und Papa guttun, früher ins Bett zu gehen. Sie zumindest würde es schon lange stören, dass sie nur sieben und nicht acht Stunden Schlaf bekomme, und das nur, weil Papa die dummen *Tagesthemen* um 23 Uhr sehen wolle.

Papa sagte, die *Tagesthemen* seien nicht dumm, sondern äußerst informativ, und im Übrigen habe ein erwachsener Mensch nicht mehr als sieben Stunden Schlaf nötig. Mama sagte, das sei Unsinn und sie fühle sich nun mal am besten mit acht Stunden Schlaf, woraufhin Papa sagte, Paläontologen hätten herausgefunden, die Urmenschen hätten immer nur vier Stunden am Stück geschlafen. Aber Mama meinte, wenn man die Menschen alle vier Stunden wieder aufwecken würde, würden alle in der Klapsmühle landen, Schlafentzug sei ja nicht umsonst eine der beliebtesten Foltermethoden. Ich fragte, was »Folter« bedeutete, und Papa erklärte mir, dass man mit der Folter früher Menschen gequält habe, die nicht genau das taten, was man von ihnen verlangte. Ich fand das irgendwie interessant und fragte Mama, was denn die allerbeliebteste Foltermethode gewesen sei, aber Mama sagte nur »Ruhe« und wir seien jetzt durch diesen dämlichen Exkurs schon zehn Minuten über der Zeit. Also fragte ich Papa, was die beliebteste Foltermethode gewesen sei, und Papa sagte, er glaube, das sei die Stundenlang-mit-einer-Feder-gekitzelt-werden-Methode gewesen. Das fand ich echt gut und fragte Mama, ob ich nicht auch gefoltert werden könne, aber Mama schaute mich nur böse an und sagte, ich könne das gern haben, ich solle ruhig so weitermachen.

Dann gab sie jedem von uns einen Zettel in die Hand, auf dem sie den Schlafplan notiert hatte. Auf dem Zettel waren lauter Uhrzeiten aufgelistet, dazwischen stand immer, was wir zu einer bestimmten Zeit erledigen mussten, also Abendessen zwischen 19.00 und 19.30 Uhr, Umziehen zwischen 19.30 und 19.35, Zähneputzen zwischen 19.35 und 19.40, Haare kämmen zwischen 19.40 und 19.45, Gute-Nacht-Geschichte lesen zwischen 19.45 und 20.00, Licht ausmachen und Schlafen ab 20.00 Uhr.

»Na, was sagt ihr?«, sagte Mama und sah

uns erwartungsvoll an, aber da wir nichts sagten, schaute sie ein bisschen enttäuscht. Dann rümpfte sie die Nase und meinte, dass es jetzt schon 19.50 Uhr sei, also schon fünfzehn Minuten über der Zeit, in der wir uns hätten umziehen sollen. Papa fing an zu lachen, und Mama sagte, da gebe es nichts zu lachen, er werde schon sehen, dass es ein wirklich guter Plan sei, und sie bedeutete Kiki und mir, nun zum Umziehen nach oben zu gehen. Eigentlich wäre ich ganz gern ungehorsam gewesen, damit Mama mich ein bisschen foltert, aber da ich das Gefühl hatte, dass es Mama mit dem Schlafplan wirklich ernst war, ging ich mit Kiki nach oben zum Umziehen und Zähneputzen.

Als wir wieder unten waren, war es 20.01 Uhr. Mama schaute auf die Uhr und sagte zu Papa, es sei doch für den ersten Tag ganz großartig, dass wir nur eine Minute über der Zeit seien und den vorherigen Zeitverlust durch zügiges Pyjamaanziehen und Zähneputzen locker eingeholt hätten.

Sie wollte uns gerade nach oben schicken, als ich ihr sagte, dass doch jetzt dem Plan zufolge das Vorlesen dran sei und sie uns ja noch die Sache mit den Gorgonen vorlesen müsse. Mama sagte »Mist«, sie habe das ganz vergessen, aber das gehe noch in Ordnung, weil uns das höchstens 15 Minuten kosten werde und wir dann im-

mer noch um 20.16 Uhr im Bett wären, das sei
fürs Erste absolut in Ordnung.

Nur zu dumm, dass Mama vergessen hatte,
dass wir abends doch immer Klavier spielten. Als
ich sie daran erinnerte, sagte sie wieder »Mist«,
und sie habe da gar nicht dran gedacht, dass wir
es heute dann eben ausnahmsweise ausfallen
lassen würden, aber ich sagte, das komme nicht
in die Tüte, weil ich doch bald das Vorspiel haben
werde und Herr Obermeier sehr enttäuscht wäre,
wenn ich nicht genügend üben würde. Da seufzte
Mama und sagte »in Ordnung«, dann solle eben
Kiki schon mal ins Bett, aber da sah Kiki Mama
böse an und stellte sich mit verschränkten Armen neben das Klavier. Mama rollte mit den
Augen und fragte, was das solle, sonst sei Kiki
doch auch nicht so erpicht darauf, Klavier zu
üben, überhaupt sei es jetzt schon 20.20 Uhr, und
wir müssten hier alle an einem Strang ziehen,
sonst klappe das mit dem Schlafplan nie, womit
sie ja auch irgendwie recht hatte.

Also setzte ich mich ans Klavier, und alles
wäre ganz prima gewesen, wenn nicht Papa es
sich inzwischen auf dem Sofa bequem gemacht
und den Fernseher angemacht hätte, um die
Nachrichten anzusehen. Ich sagte, dass ich so
unmöglich spielen könne und Herr Obermeier
gesagt habe, beim Klavierspielen müsse es im-

mer ganz ruhig sein, sonst habe es keinen Sinn. Aber Mama sagte, Herr Obermeier sei ein alleinstehender Herr, der keine Ahnung habe, wie es mit einer fünfköpfigen Familie sei, ich solle mich jetzt nicht so haben und endlich spielen.

Dann fragte Mama Papa, ob er nicht den Fernseher ausmachen könne, aber Papa meinte, dass er jetzt, da er die Nachrichten um 23.00 Uhr ja nicht mehr ansehen dürfe, sie sich eben jetzt ansehen müsse, es sei als Bürger schließlich seine Pflicht, sich über die Weltlage zu informieren. Mama sagte, es sei aber auch seine Pflicht zu garantieren, dass die eigenen Kinder nicht aus Schlafmangel in der Klapsmühle landeten. Da schaltete Papa den Fernseher aus, sah aber Mama dafür ziemlich genervt an.

Mama tat mir leid, sie hatte sich echt Mühe gegeben mit ihrem Schlafplan, und so beeilte ich mich ganz dolle mit dem Spielen, aber Mama sagte, ich solle nicht so hudeln, das höre sich grässlich an, woraufhin ich sie beleidigt ansah und sagte, ich würde das Herrn Obermeier erzählen, der immer sagte, man solle die Kinder während des Spielens nicht kritisieren. Mama wollte gerade etwas antworten, aber in dem Moment ging das Babyfon an, weil Vinci in seinem Bettchen losbrüllte. Mama lief nach oben und rief mir von der Treppe aus zu, ich solle das Stück

bitte noch einmal spielen; Kiki dürfe von ihr aus
ihr Stück auch einmal spielen, aber danach sollen wir ganz schnell ins Bett. Dann verschwand
Mama nach oben in den zweiten Stock, und durch
das Babyfon hörten wir, wie sie anfing, »Yesterday« von den Beatles zu singen, Mama glaubt
nämlich, dieses Lied würde Vinci besonders beruhigen.

Aber irgendwie dauerte es trotz »Yesterday«
ganz schön lange, bis Mama wieder nach unten
kam. Ich dachte eigentlich, dass sie sich freuen
würde, jetzt mit uns ein bisschen zu kuscheln,
wir hatten es uns nämlich neben Papa auf dem
Sofa gemütlich gemacht und schauten zusammen
einen Film über eine Nonne an, die eigentlich in
einen Polizisten verliebt ist. Aber Mama war an-
scheinend nicht so richtig zum Kuscheln zumute.
Sie schrie uns an, was, zum Teufel, wir da täten,
jetzt sei es schon 21.05 Uhr! Aber wir alle machten »PSCHT!!«, weil gerade jetzt der Polizist die
Nonne heimlich in der Stadt getroffen hatte, um
ihr zu sagen, dass er sie liebe, und wir wollten
hören, was sie antwortete, aber Mama war das
egal, sie wollte nur, dass wir jetzt sofort ins Bett
gingen, was wir echt gemein fanden. Sogar Papa
sagte, Mama solle sich doch mal entspannen, es
sei doch letztlich egal, wann die Kinder ins Bett
gingen, in Italien sei es schließlich auch so, dass

die Kinder mit den Erwachsenen ins Bett gingen. Mama sagte, das sei ganz und gar nicht egal, und man solle sich doch nur den Zustand der italienischen Wirtschaft ansehen, woraufhin wir wieder »PSCHT!« machten, weil jetzt die Nonne zu der Oberin gegangen war, die ziemlich böse aussah, und wir wissen wollten, ob die Nonne jetzt zu dem Polizisten gehen würde oder nicht. Aber Mama sagte, dass es jetzt reiche und wir genau 10 Sekunden hätten, ins Bett zu gehen. Dann machte sie den Fernseher aus. Papa sagte, wir seien doch hier nicht in den 50ern, und Mama sagte, es sei unmöglich von Papa, ihre Autorität vor den Kindern zu untergraben. Weil ich aber nicht wollte, dass sich Papa und Mama wegen uns stritten, bedeutete ich Kiki, dass wir jetzt besser ins Bett gehen sollten. Als wir schon oben waren, fragte Mama Kiki, was diese dunklen Flecken auf ihrer Backe zu bedeuten haben, und ich sagte, das sei nur die Schokolade, die wir vor dem Fernseher gegessen hätten. Mama fragte, ob wir denn nicht wüssten, dass man nach dem Zähneputzen nichts mehr essen dürfe, vor allem nicht Schokolade. Und dann schaute sie noch mal auf die Uhr. Es war jetzt 21.30 Uhr, und Mama sah irgendwie richtig unglücklich aus. Dann sagte sie wieder, dass morgen alles anders werden müsse, und ich nickte ernst und sagte »natürlich«, nur

Kiki zupfte an ihrem Ärmel und deutete auf ihr Wasserglas; sie braucht nachts immer ein Glas Wasser neben dem Bett. Mama sagte, sie denke jetzt nicht daran, noch mal runterzugehen, Kiki solle sich selbst ein Glas Wasser holen, außerdem müssten wir eh noch mal runter, um uns die Zähne zu putzen.

Als wir in der Küche waren, wurde mir bewusst, dass ich noch keinen Nachtisch gegessen hatte, ich esse nämlich jeden Abend einen Jogurt mit Nektarinenstückchen, und das hatte Mama in ihrem Plan vergessen. Also beschloss ich, mir noch ganz schnell meinen Jogurt zu machen. Dummerweise schnitt ich mir dabei in den Finger, und er fing an zu bluten. Ich zeigte ihn Papa, und der lief nach oben, um Verbandzeug zu holen. Leider weckte er dabei aber Vinci wieder auf, und Mama musste wieder nach oben und »Yesterday« singen. Wenigstens konnten wir nun den Film mit der Nonne und dem Polizisten zu Ende anschauen. Am Ende kommt die Nonne tatsächlich mit ihm zusammen; sie wohnen in einem schönen Haus, und sie trägt auch nicht mehr dieses schwarze Kleid, sondern ein gelbes Sommerkleid mit Sonnenblumen, was Kiki und ich richtig schön fanden.

Als Mama dann wieder herunterkam, war es 22.10 Uhr. Ich sagte zu Mama, wir wären jetzt endlich alle bereit für die Gorgonen, aber Mama sagte: »Wie bitte?«, und wir würden doch nicht im Ernst meinen, um 22.10 Uhr werde noch irgendetwas vorgelesen. Daraufhin fing ich an zu weinen und sagte, das sei so was von ungerecht, wir seien doch diejenigen, die andauernd versuchen würden, den Schlafplan einzuhalten, den sie selbst gemacht habe, und warum sie überhaupt einen Schlafplan mache, wenn sie nicht wolle, dass man ihn einhalte. Mama sagte irgendwie eine Zeit lang gar nichts, sondern schnaufte nur komisch und sah die Wand an.

Dann gingen wir nach oben, und Mama nahm das Buch von den griechischen Sagen in die Hand und las uns die Geschichte von den Gorgonen vor. Das sind drei Schwestern, von denen die eine lauter Schlangen auf dem Kopf hatte, die man nicht anschauen durfte, wenn man nicht zu Stein werden wollte.

Als Mama mit der Geschichte fertig war, war es 22.30 Uhr, das heißt, so richtig war sie mit der Geschichte gar nicht fertig geworden, sie war nämlich vorher eingeschlafen. Und das genau zum richtigen Zeitpunkt, weil sie jetzt ihre acht Stunden Schlaf bekommen würde, was ich ja dann doch ziemlich genial fand.

Dann schlichen wir uns leise zu Papa, um ihm gute Nacht zu sagen. Der schaute gerade seine

23-Uhr-Nachrichten an, und ich fand, dass insgesamt der Plan von Mama doch richtig gut aufgegangen war.

Der Igel

Und dann fanden Kiki und ich eines Tages beim Spaziergehen in der Nähe der Bahngleise einen Igel. Er war klein und süß und hatte keine Mama. Ich sagte zu Kiki, dass wir jetzt seine Eltern seien und uns um ihn kümmern müssen. Kiki nickte und zog ihren Pulli aus, damit wir den Igel darin einpacken und nach Hause nehmen konnten.

Wir waren ganz schön stolz, als wir zu Hause Mama den Igel zeigten, aber Mama meinte, wir seien verrückt geworden, einen Igel einfach mit nach Hause zu nehmen, und außerdem sei er in dem Kaschmirpulli von Kiki eingepackt, den sie ihr zum Geburtstag geschenkt habe. Ich sagte, der Igel heiße »Igi«, und bald komme der Winter, und der Igel sei viel zu mager, um allein zu überleben. Mama sagte, der Igel sehe nicht mager, sondern ziemlich wohlgenährt aus, und stinken würde er außerdem. Aber ich sagte, dass Frau Pölcher – das ist meine frühere Kindergärtnerin, die jetzt Kikis Kindergärtnerin ist –, dass also Frau Pölcher gesagt habe, es sei wichtig, ein ökologisches Bewusstsein zu entwickeln, und wir, wenn wir schon keine Vegetarier sein konnten, weil einigen unserer Eltern dafür das ökologische Bewusstsein fehle, wenigstens lernen sollten, Tieren in Not zu helfen. Mama rollte mit den Augen und sagte, dass sie es bereue, uns in »Demeters Garten« gesteckt zu haben; so heißt der Kindergarten nämlich, und dass der Igel auf keinen Fall im Haus bleiben werde. Kiki stampfte mit dem Fuß auf, sah Mama böse an und ging nach draußen.

In diesem Moment kam Papa nach Hause. Ich zeigte ihm Igi, der immer noch in Kikis Kaschmirpulli eingewickelt war, wo unterdessen lauter kleine braune Kackakugeln lagen. Papa sagte, wie schön es von mir sei, dass ich dem Igelchen helfen wolle, aber Mama sagte, der Igel sei kein »Igelchen«, sondern ein adipöses Tier, das schleunigst wieder in die Natur gehöre.

Papa widersprach und sagte, dass es doch gut sei, wenn die Kinder Verantwortung übernähmen, aber Mama blieb hart und sagte, dass wir die Verantwortung auch beim Geschirrabräumen unter Beweis stellen könnten und der Igel hier nichts zu suchen habe, und basta. Nun stampfte ich mit dem Fuß auf und sagte, dass wir in einer Demograpie leben würden und niemand einfach so für alle entscheiden dürfe. Mama wollte wissen, woher ich das hätte, und ich sagte ihr, von ihr selbst, denn damals, als der Papa das Cabrio gekauft habe, ohne vorher Mama zu fragen, und sie doch gewollt habe, dass er das Auto mit den vielen Sitzen und dem großen Kofferraum kauft, sie zu Papa gesagt habe, eine Familie sei schließlich auch eine Demograpie, und man müsse doch alles gemeinsam entscheiden. Mama sagte, dass das erstens »Demokratie« und nicht »Demograpie« heiße und zweitens Kinder nicht gleichberechtigte Partner der Eltern seien, schließlich könnten Kinder ja auch nicht wählen oder Auto fahren, deshalb entscheide in einer Familie immer die Mutter.

Ich fragte, was mit den Vätern sei, und Mama sagte, dass die genug Blödsinniges entschieden, wie zum Beispiel Cabrios statt Familienvans zu kaufen, und Papa schaute etwas beleidigt und sagte, das Cabrio sei ein echtes Schnäppchen gewesen. Mama wollte gerade etwas sagen, aber in diesem Moment klingelte es, und Frau Pölcher stand mit Kiki vor der Tür.

Sie sagte, sie habe Kiki weinend vor dem Kindergarten angetroffen, was denn passiert sei? Wenn existenzielle Krisen in der Familie stattfänden, müsse sie leider darauf bestehen, es zu erfahren, schließlich sei ein Kindergarten keine Verwahranstalt, sondern ein zweites Zuhause.

Mama sagte: »Ach so?«, aber Frau Pölcher sagte, sie habe sowieso mit Mama reden wollen,

weil sie doch die letzten zwei Male beim Eltern-
abend nicht dabei gewesen sei und der Elternbei-
rat beim letzten Mal beschlossen habe, dass die
Eltern jetzt das Essen der Kinder selbst kochen
müssen, weil das Geld für den Yogalehrer ge-
braucht werde, und nun müsse Mama dreimal im
Monat den Küchendienst übernehmen.

Mama sagte, welche Yogastunden?, und dass
sie unmöglich dreimal im Monat die Küche übernehmen könne, ob man nicht an diesen Tagen
ausnahmsweise Pizza bestellen könne, aber Frau
Pölcher sah Mama irgendwie komisch an und
sagte, dass sie nicht umsonst »Demeters Garten«
hießen und es zu den Zielvorgaben des Kinder-
gartens gehöre, die Kinder in Kontakt mit der
Natur zu bringen. Dazu zähle nun mal frisch ge-
kochtes biodynamisches Essen; zu diesem Thema
werde es ohnehin bald eine Sondersitzung geben, aber erst nach der Sitzung über verbale und
nonverbale Kommunikation bei Kindern, und
ob Mama in diesem Zusammenhang nicht schon
mal darüber nachgedacht habe, dass Kikis Wei-
gerung, verbal zu kommunizieren, möglicher-
weise auf familiären Stress hindeute, und warum
wir keinen Familientherapeuten aufsuchen würden, sie habe da schon sehr gute Erfahrungen gemacht.

Mama wollte gerade etwas sagen, als Frau

Pölcher plötzlich den Igel in meinem Arm entdeckte. Sie schrie: »Wie entzückend!«, und sagte, sie liebe Igel, ob wir Mehlwürmer für ihn hätten, das sei das Gesündeste für die Kleinen, aber Mama sagte, sie denke gar nicht daran, sich Mehlwürmer ins Haus zu holen, der Igel müsse weg. Ich stampfte mit dem Fuß auf und wiederholte, dass wir in einer Demograpie lebten und Mama nicht einfach so für alle entscheiden dürfe. Frau Pölcher sagte »Bravo« und dass sie das aber mal ein gesundes Selbstbewusstsein nenne. Aber Mama sagte, dass es zum Kuckuck noch mal »Demokratie« und nicht »Demograpie« heiße, und Papa schmollte und sagte, dass er schon als Kind davon geträumt habe, ein Cabrio zu haben, das könne sie ihm doch ruhig mal gönnen. Mama sagte, dass sie ihm das durchaus gönnen würde, wenn wir uns nicht wie die Ölsardinen in sein Cabrio quetschen müssten, und Papa sagte, dass Mama ihn nur depotenzieren wolle.

Ich fragte, was »depotenzieren« bedeute, und Papa sagte, das bedeute, dass Frauen die Männer zu Mehlwürmern machen wollen, und ich sagte »Ihhhhh« und fragte Mama, ob sie Papa wirklich zu einem Mehlwurm machen wolle, und Frau Pölcher fragte Kiki, ob Mama und Papa schon einen Scheidungstermin hätten, sie müsse das wissen.

Jetzt fing Kiki an zu weinen, der Igel machte komische Geräusche, und plötzlich juckte es mich überall. Mama fragte, was los sei, sie juckte es auch, und Papa sagte, das seien bestimmt Flöhe von dem Igel. Frau Pölcher blickte jetzt irgendwie gar nicht mehr so nett zu dem Igel. Sie murmelte irgendwas von einem biologisch abbaubaren Puder und dass sie jetzt leider wieder gehen müsse. Aber Kiki machte einen Handstand und blockierte ihr den Weg, und Frau Pölcher musste warten, bis Kikis Füße wieder den Boden berührten, und dann war sie plötzlich ganz schnell verschwunden. Jetzt war es schön still im Haus.

Irgendwann sagte Mama, dass wir uns am besten jetzt alle hinsetzen sollten, um gemeinsam zu entscheiden, was wir mit dem Igel machen würden. Papa sagte, Mama solle doch allein entscheiden, und dass das mit dem Cabrio eine Schnapsidee gewesen sei, er werde es verkaufen. Aber Mama sagte, er solle auf keinen Fall verkaufen, er habe ja recht, sich einfach mal was zu gönnen, jeder Mensch habe ein Recht auf seine Träume. Und dann fragte sie, wo denn der Igel überhaupt sei, sie sehe ihn gar nicht mehr.

Da sagte ich, dass sich Papa und Mama wegen dem Igel nicht mehr streiten müssten, weil ich jetzt für uns alle entschieden habe. Mama hob die Augenbrauen und sagte: »Ach so?« Und ich sagte, dass ich den Igel in Frau Pölchers Tasche gesteckt habe, als Kiki den Handstand machte.

Und dann stellten wir uns alle vor, wie die Frau Pölcher jetzt mit dem dicken, stinkenden Igel leben musste, der ganz viele Flöhe hatte. Da mussten wir ziemlich lachen, und Papa nahm Mama in den Arm.

Der Weihnachtsschmuck

Am 24. Dezember zogen Papa und ich wie immer los, um gemeinsam den Weihnachtsbaum auszusuchen.

»Na, was hältst du von dem da?«, fragte mich Papa und zeigte auf einen Baum.

»Er hat drei Spitzen«, sagte ich. »Der wird Mama bestimmt nicht gefallen.«

»Ach, der ist doch prima, und das mit den Spitzen merkt Mama doch gar nicht«, sagte Papa.

Wir packten den Baum ein und nahmen ihn nach Hause mit.

»Was ist denn das?«, fragte Mama, als Papa den Baum im Wohnzimmer aufgestellt hatte.

»Wie meinst du das?«, fragte Papa.

»Na, diese Auswuchsungen da!«, sagte Mama und zeigte auf die drei Spitzen.

»Na ja, der Baum hat eben drei Spitzen. Was soll daran schlecht sein? Die Natur macht öfter etwas doppelt. Manchmal sogar dreifach. Oder auch vierfach. Was soll an Vierlingen schlecht sein?«

Man muss sagen, dass Papa am Weihnachtstag ein wenig gereizt war. Wahrscheinlich lag das daran, dass er schon seit 5 Uhr morgens wach war. Um diese Zeit hatte nämlich unser Nachbar, Herr Gruber, angerufen, um Papa zu sagen, dass Oma Musi wieder einmal bei ihm auf dem Rasen stehe und schimpfe, sie werde seinen Gartenzwerg zerscheppern, wenn Herr Gruber ihr nicht sofort ihre Handtasche zurückgebe. Oma Musi ist seit einigen Jahren überzeugt davon, dass Herr Gruber ihre Handtasche klaut. Herr Gruber wollte die Polizei rufen, was aber Papa wiederum nicht wollte. Also rannte Papa in Bademantel und Hausschuhen in den Garten von Herrn Gruber und versuchte, Herrn Gruber davon zu überzeugen, die Polizei doch bitte nicht anzurufen, die ganze Sache dürfe man doch nicht so ernst nehmen, bei Alzheimerpatienten sei das schließlich ganz normal. Aber Herr Gruber war damit nicht einverstanden, er fand es nicht normal, um 5 Uhr morgens im Garten zu stehen und um seinen Lieblingsgartenzwerg mit der Gießkanne bangen zu müssen. Papa entschuldigte sich, er sagte, er werde Oma Musi sofort mitnehmen, und er verspreche, dass das nicht wieder vorkomme. Herr Gruber sagte, in Ordnung, aber das sei jetzt das letzte Mal, beim nächsten Mal werde er wirklich die Polizei rufen.

Eigentlich wäre nun alles o. k. gewesen, wenn sich Oma Musi nicht geweigert hätte, den Garten zu verlassen. Also musste Papa Oma Musi

136

hochheben und sie über seine Schulter legen, was aber gar nicht so leicht war, erstens, weil sie sich wehrte und laut brüllte, Herr Gruber sei ein gemeiner Dieb, dem man das Handwerk legen müsse, und zweitens, weil Papa mit seinen Hausschuhen nicht so gut im Schnee gehen konnte. Irgendwann schaffte es Papa aber dann doch, Oma Musi wieder in ihre Wohnung zu bringen, und kam zurück nach Hause. Blöderweise war er jedoch kurz vor unserer Haustür ausgerutscht. Jetzt hatte er jedenfalls einen riesigen blauen Fleck am Oberschenkel und war schlechter Laune.

»Vierlinge sind mir egal«, sagte Mama. »Ich möchte wissen, was ich mit drei Spitzen anfangen soll.«

»Ich sehe das Problem nicht. Was ist an drei Spitzen so schrecklich?«

Mama holte Luft.

»Jeder Baum hat oben eine Spitze, die man mit einem Stern dekoriert. Wenn man jetzt drei Spitzen hat, ist das sehr wohl ein Problem. Was soll man da machen? Sollen alle den gleichen Stern bekommen? Soll nur einer einen Stern bekommen?«

»Nein!«, schrie ich. »Das ist, wie wenn es drei Geschwister gibt, von denen nur einer was Schönes haben darf. Das ist ungerecht!«

»Dann schneiden wir die zwei eben ab!«, meinte Papa.

»Nein!«, schrie ich wieder.

»Wir könnten oben gar keinen Stern aufhängen«, sagte Papa.

»Ich weiß, was wir machen«, sagte ich. »Wir hängen einfach Lametta drum herum.«

»Lametta?«, fragte Papa. »So etwas Kitschiges haben wir gar nicht.«

»Haben wir doch!«, sagte ich und zeigte auf eine Kiste, in der die Weihnachtsdekoration lag, die Mama, ich und Kiki in den letzten Wochen gekauft hatten. Es gab glitzernde Hirsche, silbernes Lametta, rote Glitzerkugeln und kleine bunte Holzfigürchen.

Papa starrte die Kiste an.

»Was ist denn das?«, fragte er.

»Das ist unsere neue Weihnachtsdeko«, sagte Mama. »Die alte wird langsam gammelig.«

»Was ist an mundgeblasenen Glaskugeln, Wachskerzen und Strohsternen gammelig?«

»Gut, dann sagen wir eben langweilig!«

»So ein Baum ist auch nicht langweilig, sondern von schlichter Schönheit.«

Das mit der »schlichten Schönheit« hat Papa von seinem Papa. Der war nämlich Architekt gewesen und überzeugt davon, dass nur er etwas von

Formen und Farben verstand und der Rest der Welt keine Ahnung hatte. Deswegen war es ihm auch ganz wichtig gewesen, dass wenigstens in seinem eigenen Haus die Dinge von »schlichter Schönheit« waren.

»Die Kinder wünschen sich aber zur Abwechslung mal einen etwas fröhlicheren Baum!«, sagte Mama.

»Und was ist das?«, fragte Papa und deutete auf weiß-rote Zuckerstangen.

»Candysticks. Aus Amerika«, sagte Mama. Jetzt war sie es, die genervt klang.

Kiki, die es nicht mag, wenn Mama genervt klingt, begann den fliegenden Schneider im Wohnzimmer zu machen; das ist eine dieser Übungen aus ihrem Kung-Fu-Unterricht.

»Und das hier?«, fragte Papa und zeigte auf die Hirsche.

»Das sind Hirsche. Wir haben sie in Grün, Lila und Rot.«

Papa versuchte ruhig zu atmen.

»Ich verstehe das nicht. Wir hatten jahrelang den perfekten, stilvollen Baum. Warum muss jetzt alles verändert werden?«

»Es wird nicht alles verändert, es werden nur ein paar Weihnachtsdekorationen ausgetauscht.«

»Warum etwas austauschen, das gut ist. Soll ich dich etwa auch austauschen?«

»Du willst mich austauschen?«

»Ich will dich nicht austauschen. Das war doch nur ein Beispiel!«, sagte Papa.

Ich horchte auf.

»Gegen wen willst du Mama eintauschen?«, fragte ich.

»Ich will Mama nicht austauschen«, sagte Papa.

»Und warum vergleichst du mich mit der Weihnachtsdekoration?«, fragte Mama.

»Darum geht es doch nicht«, sagte Papa. »Es geht lediglich um den Baum. Und darum, dass er vorher perfekt war.«

»War er nicht«, sagte Mama.

»War er schon«, sagte Papa.

»War er nicht. Er war kahl und lebensfeindlich.«

»Unsinn«, sagte Papa. »Er war von schlichter Schönheit.«

»Schönheit liegt im Auge des Betrachters«, sagte Mama.

»Nicht, wenn das Auge blind ist. Ein hässlicher Weihnachtsbaum ist ein hässlicher Weihnachtsbaum.«

»Glitzerhirsche sind nicht hässlich!«, sagte Mama.

»Doch, sind sie. Außerdem sind sie geschmacklos.«

»Hässlich sind nur die drei Spitzen!«

»Gegen wen willst du Mama eintauschen?«, fragte ich. Kiki hatte aufgehört, ihre Kung-Fu-Übungen zu machen, und stellte sich zusammen mit mir vor Mama.

»Gegen niemanden, Herrgott noch mal!«, sagte Papa.

»Frau Ebershausen hat gesagt, man darf nicht ›Herrgott noch mal‹ sagen«, sagte ich.

»Dann eben zum Kuckuck noch mal.«

»Die Glitzerhirsche bleiben da!«, sagte Mama

»Die Glitzerhirsche gehen«, sagte Papa.

»Wenn die Hirsche gehen, gehe ich auch«, sagte Mama.

»Wohin willst du gehen?«, fragte ich.

»Ich weiß nicht. Nach oben vielleicht.«

Kiki fing an zu weinen. Ich stellte mich jetzt vor Papa hin.

»Das ist so gemein von euch. Erst will Papa Mama austauschen, und dann will Mama uns verlassen.«

»Ich will euch nicht verlassen«, sagte Mama.

Kiki stand auf und legte Dean Martin ein, der laut »White Christmas« sang.

»Wir könnten einen Deal machen«, sagte ich. »Im Kindergarten haben wir auch immer Deals gemacht. Also zum Beispiel die Hirsche gehen, und dafür kommt das Lametta.«

»Lametta ist scheußlich«, sagte Papa.

»Ach ja? Sagt Frau Ebershausen auch, dass man einen kitschigen Weihnachtsbaum haben muss?«

Ich seufzte. Manchmal konnten meine Eltern wirklich kindisch sein. In diesem Moment klingelte es an der Tür. Wir waren alle still. Bis auf Dean Martin, der immer noch »White Christmas« sang.

Papa machte auf. Es war Herr Gruber. Oma Musi sei wieder in seinen Garten gekommen und schaue von der Terrassentür in sein Wohnzimmer hinein.

»So kann ich kein Weihnachten feiern«, sagte Herr Gruber. Er klang etwas müde.

»Es tut mir leid«, sagte Papa. Auch er klang etwas müde.

»Ich komme«, sagte Papa. Diesmal zog er sich richtige Schuhe an.

Eine halbe Stunde später kam Papa zurück.

»Oma Musi ist wieder zu Hause«, sagte er. »Ich habe ihr gesagt, dass wir sie nachher holen.«

»Ich hab's mir überlegt«, sagte Mama. »Wir tun wieder die Glaskugeln drauf und die Strohsterne und die Bienenwachskerzen.«

»Nein, nein«, sagte Papa. »Du hast ja recht. Ein bisschen Abwechslung muss sein. Wir tun die Hirsche nach oben, verteilen die roten Kugeln überall und verhängen das Ganze mit Lametta.«

»Auf keinen Fall«, sagte Mama.

»Warum denn nicht?«

»Weil ich dann die ganze Zeit daran denken muss, dass du unseren Weihnachtsbaum scheußlich findest.«

»Aber das tue ich doch gar nicht.«

»Doch, tust du schon.«

»Nein, tu ich nicht.«

»Doch …«

Es klingelte wieder an der Tür. Es war Herr Gruber.

»Ich wollte nur etwas sagen«, begann er.

»Was denn?«, fragte Papa.

»Ich habe nachgedacht«, sagte Herr Gruber. »Wenn Ihre Mutter heute Abend in meinem Garten stehen will, darf sie das. Ich meine, seit einem Jahr versucht sie nichts anderes als das, und jetzt ist Weihnachten, und an so einem Tag muss man doch großzügig sein, oder etwa nicht?«

Papa seufzte. »Das ist wirklich nett von Ihnen. Danke. Ich sag es ihr.«

Nachdem Herr Gruber gegangen war, drehten wir uns um. Wir staunten nicht schlecht, als wir sahen, dass jemand den Baum geschmückt hatte – wenn auch auf eine ein wenig seltsame

Weise. Das Lametta lag kreuz und quer auf den Tannenzweigen, alle roten Kugeln hingen auf einem einzigen Ast in der Mitte des Baums, und die Strohsterne waren unten am Boden um den Baum herum verteilt. Kiki stand vor dem Baum und strahlte.

»Das hast du toll gemacht, Kiki«, sagte Mama.

»Ja«, sagte Papa. »Ganz toll.«

»Ich würde sagen, wir lassen es so«, sagte Papa.

»Ja, wir lassen es so«, sagte Mama.

Ich glaube, so richtig Lust, den Baum weiter zu schmücken hatte niemand.

»Und jetzt holen wir Oma Musi«, sagte Papa. Doch als wir zufällig aus dem Fenster blickten, sahen wir, wie Oma Musi friedlich mit einer Tasse Tee in der Hand im Garten von Herrn Gruber stand und zu Herrn Gruber hineinsah. Herr Gruber stand auf der anderen Seite des Fensters und winkte. Den Gartenzwerg hatte er vorsichtshalber reingeholt und unter seinen Weihnachtsbaum gestellt. Dean Martin sang »Merry Christmas«, und Papa und Mama nahmen sich in den Arm.